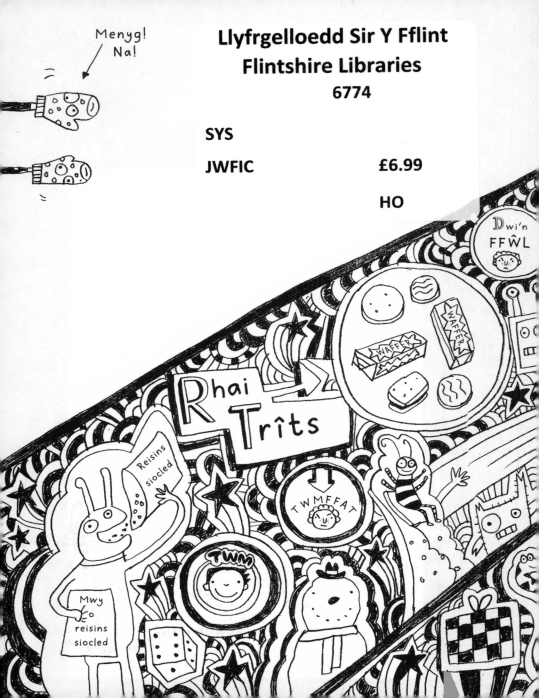

TWM CLWYD
TRÎTS
HYNOD SBESIAL
(go brin)

GAN Liz Pichon
(sy'n hoffi trîts)
Addasiad: Gwenno Hughes

← Trît

Dim trît

Twm Clwyd 5

ISBN 978-1-84967-354-9

Hawlfraint y testun: © Liz Pichon, 2013

Addasiad Cymraeg gan Gwenno Hughes, 2018

Hawlfraint yr addasiad © Rily Publications Ltd, 2018

Cyhoeddwyd yn wreiddiol yn Saesneg o dan y teitl
Tom Gates: Extra Special Treats (... not)
gan Scholastic Children's Books, argraffnod o Scholastic Ltd,
Euston House, 24 Eversholt House, Llundain NW1 1DB.

Argraffwyd a rhwymwyd ym Mhrydain
gan CPI Cox (UK) Ltd, Croydon, CR0 4YY

Cyhoeddwyd gan Rily Publications Ltd
Blwch Post 257,
Caerffili CF83 9FL

Cyhoeddwyd gyda chymorth ariannol
Cyngor Llyfrau Cymru.

www.rily.co.uk

DYMA FATHODYN DISGYBL ☆ DISGLAIR.

Nid fi pia fo, ond CARWYN CAMPBELL.

Ddes i o hyd iddo fo o dan fy nesg a chodais i o oddi ar y llawr.

Dydi o heb sylwi ei fod o wedi mynd eto. Mae'n rhaid bod y (BATHODYN) wedi disgyn oddi ar ei siwmper.

Wna i ei roi o'n ôl iddo (yn y pendraw). Wnaeth **Mr Ffowc** neud Carwyn yn DDISGYBL DISGLAIR gan ei fod o wedi gneud ei holl waith cartra ar amser, ac yn ôl bob sôn, mae o wedi bod yn gneud (ymdrech **FAWR** yn y dosbarth.)

Dydi **C**arwyn heb stopio BROLIO am ei (FATHODYN) ers iddo ddechra ei wisgo. Sbïwch! Mae **eFA** wedi cael BATHODYN DISGYBL DISGLAIR o'r blaen ond dwi heb gael un (ETO). Mae **Mr Ffowc** yn dewis DISGYBLION DISGLAIR gwahanol bob tymor. Os oes gennych chi FATHODYN DISGYBL DISGLAIR, dwi wedi sylwi bod ATHRAWON yn GLENIACH ac yn gwenu mwy arnoch chi. MAE'N **WIR**! ☺

Athrawon yn gwenu

A gewch chi aros yn y llyfrgell amser cinio (cyfle da i mi ddal i fyny efo darllen fy nghomics).

M ae bathodynnau'r tymor yma yn edrych 👀 yn WYCH. Felly am newid bach, dwi'n mynd i orffen fy HOLL  waith cartra ar amser hefyd. 🙂

Dwi WIR isio ➡️ (BATHODYN).

Yn y cyfamser, dyma lun o Carwyn pan oedd o'n meddwl ei fod o wedi COLLI ei fathodyn.

AAA!

A dyma lun ohono pan gafodd o'i fathodyn yn ôl.

Wyneb sur →

W naeth Carwyn ddim hyd yn oed ddiolch i mi. **F** elly wnes i'r dŵdl yma ohono fo am ☆ HWYL ☆.

4

Twm, os rhoi di gymaint o YMDRECH i mewn i dy waith cartref ac wyt ti'n ei rhoi i dy ddŵdls, bydd gen ti siawns dda o fod yn DDISGYBL DISGLAIR.

Mr Ffowc

Iawn, Mr Ffowc, FE WNAF I. ☺

(Dwi wedi addo rŵan).

Dwi'n cerdded adra o'r ysgol gyda Derec 😊 (fy ffrind GORAU sy'n byw drws nesa). Rydan ni'n trafod bob math o BETHAU pwysig fel:

★ Beth rydan ni am FWYTA pan gyrhaeddwn ni adra a 😊 🥪 😊 tost 🍞

★ Pwy sy'n mynd i gael BATHODYN DISGYBL DISGLAIR y tro hwn.

Yna 'dan ni'n gweld rhywun o'n blaen ni sy'n edrych 'chydig bach fel fy chwaer hŷn biwis, Delia.

Delia ydi honna? gofynna Derec i mi.

A dwi'n deud, Dwi ddim yn siŵr, ella?

"DEEEEELLLLLIA!... DEEEEELLLLLIA!..."

dwi'n gweiddi – ond mae hi'n fy ANWYBYDDU i.

"Fedrith hi ddim fy nghlywed i," medda fi.

"Gad i ni weiddi'n UWCH," awgryma Derec.

"A symud 'chydig yn nes hefyd," medda fi.

Ac felly ...

O'r **olwg** sy ar ei hwyneb, **d**wi'n credu ei bod hi wedi'n clywed ni y tro 'na.

Ro'n **i** wedi bwriadu deud s'mai – ond wnes i newid fy meddwl ...

Yh-oh

yn gyflym.

Dwi ddim yn siŵr a oedd Delia mor hapus a **HYNNA** i'n gweld ni.

Grrrrrr

Rydan ni'n rhedeg yr holl ffordd adra.

"**D**oedd dy chwaer ddim yn hapus iawn, nag oedd?" sylwa Derec wrth iddo fynd i mewn i'w dŷ.

"Paid â phoeni," atebaf.

"Dydi Delia **BYTH** yn hapus, mae hi WASTAD yn edrych fel yna."

(Sy'n wir).

Delia yn y bore.   Delia yn y prynhawn.   Delia gyda'r nos.

Y na 'dan ni'n dau'n deud, TA-TA a Wela i di wedyn.

A dwi'n mynd i'r tŷ.

Y r eiliad dwi'n cau'r drws, dwi'n anghofio **popeth** am Delia ac yn mynd yn syth i'r gegin, achos dwi newydd gofio bod Mam wedi prynu paced ENFAWR o  Reisins Siocled y diwrnod o'r blaen.

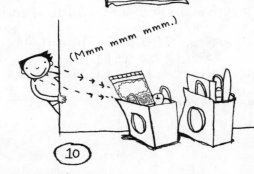

(Mmm mmm mmm.)

Y broblem ydi bod Mam yn cuddio'r TRÎTS gorau gan amla.

Mae hyn oherwydd:

1. Mae trîts yn cael eu bwyta'n SYTH BÎN yn ein tŷ ni.

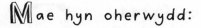

2. Mae Mam yn hoffi cadw rhai TRÎTS i westeion yn unig (sy'n niwsans).

Bisgedi?

3. Dwi DDIM i fod i helpu fy hun. Ond yn FFODUS i mi, dwi wedi dod yn ARBENIGWR ar ddod o hyd iddyn nhw.

(Mmmmm, gadwch i mi weld). Chymrodd hynna ddim yn hir.

CANLYNIAD

Y tric ydi AGOR y reisins yn ofalus heb RWYGO y paced, fel ei fod o'n edrych fel bod neb wedi'u cyffwrdd.

(Gan bwyll bach.)

Dwi MOR brysur yn arllwys y reisins yn dyner i fy llaw fel nad ydw i'n CLYWED Mam yn dod i lawr y grisiau – nes mae hi tu allan i ddrws y gegin.

YNA DWI'N

PANICIO.

Prin bod 'na ddigon o amser i mi STWFFIO y paced o reisins yn ôl i mewn i'r tebot a CHLEPIO'R caead cyn i Mam ddod i mewn.

"HELÔ, TWM, ti adra'n gynnar," medda hi.

(Dwi'n trio peidio edrych yn euog).

12

Dwi'n deud wrth Mam, "Wnaeth Derec a finna rasio yr HOLL ffordd adra yn *HYNOD GYFLYM.* FFIW! Dwi'n teimlo'n HYNOD FLINEDIG rŵan." (Dwi wedi ychwanegu'r gair 'BLINEDIG' am reswm da OFNADWY).

Dwi'n dal i ddal y reisins sioced yn fy llaw ac maen nhw'n dechra TODDI.

Dwi'n DYLYFU GÊN

ac yn codi fy llaw at fy ngheg. Yna dwi'n STWFFIO cymaint o reisins a dwi'n gallu i mewn heb i Mam sylwi.

(Ond mae yna DIPYN mwy mwy nag o'n i'n feddwl. GYLP).

yddai'r cynllun wedi gweithio, ond mae
Mam yn cadw gofyn cwestiynau i mi. Mae hi'n
deud, "Ti'n gwbod bod Nain Clwyd a
Taid Bob yn dod draw i gadw llygad ar
bethau heno?"

Alla i ddim siarad achos mae 'ngheg
yn LLAWN o reisins siocled.

Felly dwi'n NODIO fy mhen.

"'Dan ni'n mynd allan am swper efo rhywun sy'n
gweithio efo Dad." Dwi'n gwenu a nodio mwy.

"Dwi wedi prynu'r ffrog newydd yma'n
arbennig ar gyfer heno - o - a does
DIM angen i Nain Clwyd goginio;
mae bwyd yn y popty."
(Sy'n rhyddhad achos wyddoch chi
byth be wnaiff Nain goginio).

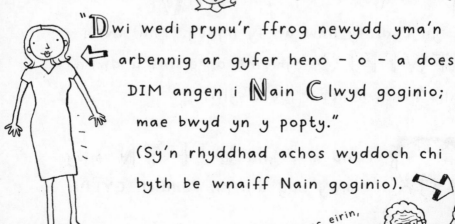

Pasta ac eirin,
rhywun?

YN SYDYN mae Delia yn TARANU I MEWN i'r tŷ gan roi clep i'r drws ffrynt ar ei hôl.

"Ble mae Twm?"

Mae hi'n swnio 'chydig yn flin.

"Beth sy'n bod, Delia?" gofynna Mam.

"DYMA be sy'n BOD!"

Mae Delia yn dangos ei ffôn, sydd wedi MALU.

"DY FAI DI ydi'r cwbwl!"

medda hi gan bwyntio ata i.

"Be dwi wedi'i neud?" medda fi, gan geisio llyncu'r reisin ola.

(Dwi'n cadw'n agos at Mam rhag ofn i Delia fynd hyd yn oed mwy BONCYRS.)

Mae Mam yn deud, "Sut gallai Twm dorri dy ffôn? Mae o wedi bod yma efo fi."

Pwynt da, Mam.

Mae Delia yn dal i edrych yn FFYRNIG

 "Dyma sut - mi sleifiodd Twm a'i nyrdyn o ffrind i fyny reit tu ôl i mi a SGRECHIAN FY ENW mor uchel nes i fi ollwng fy FFÔN

mewn SIOC.

Edrych arno fo RŴAN!"

(Doedd neb i wbod!)

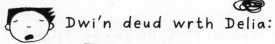 Dwi'n deud wrth Delia:

1. **D**ydi Derec ddim yn nyrdyn.

(DIM nyrdyn).

2. **D**amwain oedd torri ei ffôn.

Yna dwi'n gneud wyneb HYNOD drist er mwyn pwysleisio fy mhwynt.

"Dim ond isio deud helô oedden ni!" esboniaf i Mam.

Mae Delia yn GWGU arna i.

Mae hi'n deud

Gwna ffafr i mi - os wyt ti BYTH yn fy ngweld i'n cerdded o dy flaen di eto - PAID â dod ar fy NGHYFYL na hyd yn oed SIARAD â mi!

"**P**wylla, Delia," medda Mam, sy'n ei gwylltio hi'n fwy.

"Dwi'n siŵr nad oedd **T**wm wedi **bwriadu** torri dy ffôn. Nag oeddat, Twm?"

(( )) (Dwi'n ysgwyd fy mhen).

"Allwn ni ei drwsio?" ychwanega Mam.

TAFLA Delia ei ffôn ar y bwrdd a deud,

"Pob lwc efo hynna," yna mae hi'n

TARANU i ffwrdd mewn tymer.

Dwi'n edrych ar y ffôn sydd wedi

cracio ac yn deud wrth Mam,

"Mae o'n sicr wedi **TORRI** rŵan."

"O diâr," medda Mam. Yna mae hi'n gweld faint

o'r gloch ydi hi. "Twm, plis wnei di fynd

i ddeud wrth dy dad am *frysio*. Allwn

ni ddim bod yn hwyr heno. Fentra i ei fod o'n

dal i weithio yn ei sied!"

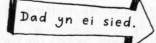

Dad yn ei sied.

chchchchch

(Dydi o ddim.)

"Iawn, Mam," dwedaf gan geisio PEIDIO â syllu ar y tebot.

"Dwi ddim isio i Delia fod mewn TYMER DRWG pan ddaw Taid a Nain Clwyd. Gaiff hi ddefnyddio fy ffôn i nes caiff hi un NEWYDD. Neu drwsio'i un hi."
(Dydi hynny ddim yn mynd i ddigwydd.)

Os ydych chi'n gofyn i MI, mae o braidd yn annheg bod Delia yn cael FFÔN newydd. Os ydw i'n torri rhywbeth, dydi hynny BYTH yn digwydd i MI.

Ella bod RŴAN yn amser da i ofyn am fy meic sydd WEDI TORRI?

Mam, mae fy oriawr wedi torri

Paid â phoeni

Os ydi Delia'n cael ffôn newydd, ga i feic NEWYDD?

Mmmmmmm

(NA ydi'r ateb felly.) Ochenaid.

Mae Delia'n ARBENIGWR am fy meio 😊 I
am bob dim. Roedd hi'n gneud hynny DRWY'R adeg
pan oeddwn i'n fach.

Ei hoff dric oedd bachu fy mwyd pan doeddwn
i ddim yn edrych. 👀 YN ENWEDIG hufen iâ.

Byddai Delia yn Syllu ar rywbeth
yn yr awyr a deud,
"Beth ydi hwnna, Twm?"
Ac ro'n i'n edrych i fyny a deud,
"Fedra i ddim gweld dim!"

Yna byddai Delia yn rhoi
EBYCHIAD a deud,

"I fyny FAN'NA!

Alli di mo'i weld o? ... CHWILEN

neu rywbeth ydi o!"

Ro'n i'n caru CHWILOD,
felly roedd hynny'n gneud
i mi syllu fwy fyth.

"Draw fan'cw, BRYSIA, EDRYCH!

EDRYCH!"

Tra oeddwn i'n brysur yn edrych ar DDIM BYD,
byddai Delia'n *PWYSO* draw yn slei gan
gymryd LLYFIADAU ANFERTH o fy hufen
iâ. Yna byddai'n deud, "Welaist ti mohono fo?
Biti — mae o wedi mynd rŵan."

(Fel hanner fy hufen iâ,

fel arfer.)

Ha!
Ha!

23

Ifanc oeddwn i, felly cymrodd sbel i mi sylweddoli beth roedd hi'n ei neud.

A phe bawn i'n trio chwarae'r un tric ar Delia byddai hi jyst yn deud, "'Sna'm pwynt, Twm, dwi ddim yn idiot ... fel ti."

Roedd hi wastad yn chwaer neis.

'Drycha fyny fan'cw!

(go brin)

Tra bod Mam yn rhoi'i ffôn i Delia, dwi'n eistedd yn fan hyn yn SYLLU ar y tebot llawn

Reisins Siocled.

Dylwn fod yn gall a chadw draw oddi wrth y reisins. YN ENWEDIG ar ôl i mi beidio

CAEL FY NÂL.

OND MA NhW MOR FLASUS!

Felly dwi'n ystyried ...

☺ Bydd Mam o'ma yn hir? (BYDD) ✓

☺ Bydd gen i ddigon o amser i FACHU llond llaw arall o reisins? (BYDD) ✓

Gan mai'r ateb i'r DDAU gwestiwn ydi (BYDD!) dwi'n codi caead y tebot a chymryd llond llaw o *Reisins Siocled.*

Yna un arall ...

Ac un arall am lwc!

Dwi ddim yn clywed Dad yn dod i mewn o'r sied nes iddo ddeud,

"**A HA!**" sy'n gneud i mi **NEIDIO!**

"DYNA ble mae'r reisins. Dwi wedi
bod yn chwilio amdanyn nhw ym mhobman.
Dwyt ti ddim wedi'u sglaffio nhw i gyd, naddo
Twm?"

Mae Dad yn cymryd y paced oddi arna i
er mwyn ei archwilio. (Er syndod,
dwi wedi bwyta cryn dipyn).

"**D**wi'n cymryd na ddwedodd dy fam gallet ti
helpu dy hun?" (Dwi wedi cael fy nal).
Dwi'n deud wrth Dad, "Paced bach oedd o. Dwi
heb fwyta *CYMAINT* â hynny."

(Dwi'n credu 'mod i mewn trwbwl.)

Yna mae Dad yn deud,

Paced bach
o reisins
oedd o.

"Galla i brynu paced yn lle hwn."

Ac mae o'n tywallt gweddill y reisins

... i MEWN i'w geg.

"MMMMM, dwi'n caru reisins," medda fo,

wrth roi ei ben yn ôl a chnoi.

Daw Mam i mewn jyst mewn pryd

i weld yr un ola yn cael ei lowcio.

A dych chi'n methu deall pam dwi'n CUDDIO'R trîts yn y tŷ yma?

All Dad ddim ateb gan fod

ei geg yn llawn reisins.

GYLP

"Ti'n gwbod ein bod ni'n mynd allan am swper!"

"Dwi'n dal ar lwgu, paid â phoeni!"

medda Dad wrthi.

"Mae'r paced CYFAN wedi mynd!"

medda Mam.

(Dydi Dad ddim yn sôn 'mod i wedi'i helpu o.)

GEMAU

BWRDD HYNOD SBESIAL

Mae'r **FFOSILIAID** yn cyrraedd jyst mewn pryd i dynnu sylw Mam oddi ar y trîts coll. Mae eu sgwtyr wedi torri, felly mae hi'n cymryd dipyn mwy o amser nag arfer iddyn nhw gyrraedd ein tŷ ni.

Gweld dim →

"Wnaethon ni 'chydig o newidiadau i'r sgwtyr, rhag ofn iddi fwrw eira. Ond 'dyn nhw heb weithio," medda Nain Clwyd wrth Mam.

"Wel, dwi'n falch eich bod chi yma mewn un darn," medda Mam wrth y ddau.

Mae Taid wedi dod â **GEMAU BWRDD** i ni eu chwarae, tra bod Nain Clwyd yn bwriadu

gneud llwyth o wau.

"Wyt ti awydd **SIALENS GÊM FWRDD**, Twm?" gofynna Taid i mi.

"Cyn belled â'ch bod chi ddim yn TWYLLO, Taid."

"FI YN TWYLLO? BYTH!" medda fo, gan esgus ei fod wedi cael SIOC.

(Mae o yn twyllo ond mewn ffordd ddoniol).

Mae Nain Clwyd yn deud,

"Dwi wedi clywed bod y tywydd am fod yn OER ofnadwy, felly dwi'n defnyddio gwlân HYNOD drwchus i wau eleni. DRYCHWCH!"

Clic clac
clic clac

29

Mae GWAU Nain yn debyg iawn i'w choginio – ànarferol. Mae rhai o'i siwmperi yn eitha handi os ydych chi angen POCEDI ECSTRA.

Dydi rhai ddim yn gweithio cystal.

Dwi DDIM yn siŵr am hon, Nain.

Mae Mam yn dangos ble mae popeth i'r FFOSILIAD (er eu bod yn gwbod yn barod).

Dyma'r popty.

Mae hi'n sôn bod Delia wedi cael llond bol am fod ei ffôn wedi TORRI.

"Ella na welwch chi fawr ohoni heno," medda Mam.

Sy'n NEWYDDION DA, os ydych chi'n gofyn i mi.

Mae Taid yn ystyried a fyddai gêm o Nadroedd ac Ysgolion yn codi calon Delia?

"Dwi ddim yn meddwl, Taid," dwedaf.

"Jyst ti a fi 'ta," medda Taid.

"IEEEI!" dwedaf wrth estyn am y gêm.

Dim pump oed ydw i.

Mae Mam yn cario ymlaen i sgwrsio. "Byddwn ni ddim yn hwyr heno. A beth bynnag, fel gwelwch chi, mae Ffranc wedi bwyta yn barod."

Gwag

Reisins Siocled

Mae Dad yn newid trywydd y sgwrs yn gyflym drwy ddeud,

"Ffrog newydd, Rita? Mae hi'n edrych yn HYFRYD."

Sy'n gneud i Mam chwerthin. Yna mae Nain yn deud, "Mae'r lliw golau yna wir yn dy siwtio di."

"Ydach chi'n meddwl? Well i mi BEIDIO tollti dim arni heno."

Byddai **STAEN** MAWR ar y ffrog yma yn

DRYCHINEB!"

Mae Dad yn dal côt Mam iddi,
ac mae o'n awyddus i fynd 
"Awn ni rŵan. Byhafia, Twm."

"Dwi bob amser yn BYHAFIO!" 
dwi'n eu hatgoffa nhw.

Mae Mam a Dad yn deud HWYL
ac yn mynd drwy'r drws.
A dyna pryd dwi'n gweld SMOTYN o rywbeth
ar GEFN FFROG NEWYDD
LLIW GOLAU Mam,
a dwi'n amau nad
oedd o yno pan
brynodd hi'r ffrog.

– WPS

ÔL FY LLAW

mewn Siocled

Rhaid 'mod i wedi'i neud o wrth roi cwtsh iddi. Os gwnaiff Mam weld y staen, bydd hi'n **DRYCHINEB!** Bydd rhaid i mi jyst neud yn siŵr 'mod i yn fy ngwely cyn iddyn nhw ddod adra. (Cynllun da).

Gylp –

Mae Delia yn pwdu yn ei stafell o hyd. Felly mae hi'n braf a THAWEL i Taid a mi chwarae

Nadroedd ac Ysgolion, a rhai o'r gemau eraill ddaeth o hefo fo.

"Beth am GYNHESU gyda gêm gofio yn gyntaf?" awgryma Taid. Dyma un o'i ffefrynnau. Mae ganddo gof da iawn am rywun sydd fymryn yn HEN.

Dyma sut i chwarae'r gêm:

Rho wrthrychau ar hambwrdd.

Mae gen ti BUM MUNUD i edrych arnyn nhw – yna *gorchuddia'r* hambwrdd efo rhywbeth. (Fel lliain sychu llestri.)

Dwi wedi dysgu peidio gadael Taid ar ei ben ei hun am hir. Mae o'n hoffi SYMUD pethau ar yr hambwrdd. NEU os ydi o'n bod yn slei wnaiff o ychwanegu mwy o stwff pan dwi ddim yn edrych.

35

Ar ôl gorchuddio'r hambwrdd, cymrwch dro yn ceisio cofio cymaint o wrthrychau ag y gallwch chi.

Afal

Hosan ddrewllyd

Pensil

'Chydig bach o fflwff

Sbectols haul Delia

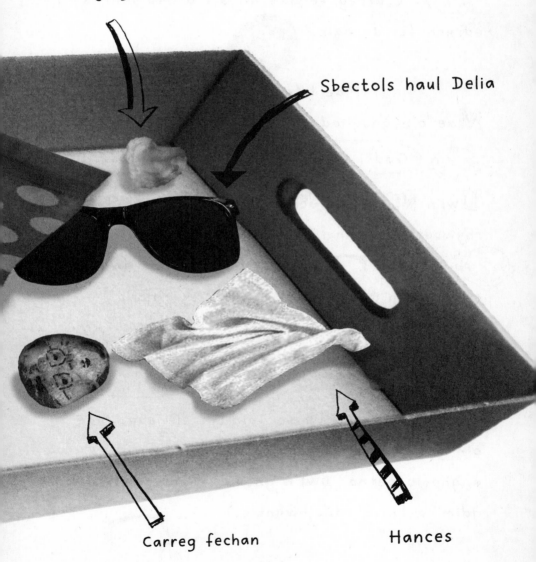

Carreg fechan

Hances

"Be ydi HWNNA?" dwi'n gofyn iddo.

"Carreg fechan ddes i o hyd iddi, sy'n edrych fel dy nain."

(Mae hi'n edrych fymryn fel Nain).

Mae o'n gasgliad da o stwff.

Gad i ni CHWARAE, medda Taid.

Dwi'n NODIO achos dwi ofn gwna i ANGHOFIO rhywbeth os wna i siarad. Rydan ni'n dau yn SYLLU ar yr HAMBWRDD a dwi'n trio cael popeth i sdicio yn → fy MHEN.

Yna mae Taid yn deud,

Dyfala pa drît dwi wedi dod i ni?

Dyna'r peth arall mae Taid yn ei neud. Mae o'n gofyn cwestiynau i mi sy'n gneud i mi anghofio petha. Dwi'n gneud stymia 'dwn i ddim' a thrio canolbwyntio.

"Wafferi caramel, **UN** bob un," medda Taid.

"IEI!"

Dwi **mor** gyffrous am y wafferi 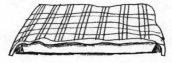 fel 'mod i wedi anghofio HANNER y pethau sy ar yr hambwrdd.

Dwi am drio beth bynnag.

"Ar yr hambwrdd mae ...

* 'chydig o FFLWFF

* hosan

* hances ...

* eeeeerm, pensil?"

Dwi'n gneud fy ngorau ond dwi'n siŵr 'mod i wedi anghofio rhai. Yna tro Taid ydi hi. Dwi'n meddwl ei fod o wedi cofio LLAWER mwy na fi. Mae o'n siarad mewn llais gwirion felly mae hi'n anodd deud. "Wnest ti fim cofio ... waffefi cafamel ... a dannef ..."

DANNEDD? "Dwi ddim yn cofio unrhyw DDANNEDD ar yr hambwrdd," medda fi wrth Taid.

Mae o'n tynnu'r lliain sychu llestri
ODDI AR yr hambwrdd ac
er syndod mae yno ...

DDANNEDD! ⬅️

"Fudis i fod DANNEF,"

medda fo gan eu rhoi nhw'n

ôl yn ei geg. Doniol iawn, Taid.

Mae o'n deud dylen ni fwyta ein wafferi,

felly rydan ni'n eu tynnu o'r pecyn.

Yna mae Nain Clwyd yn deud o'r gegin,

Peidiwch â bwyta'r wafferi na R Ŵ A N,
neu wnewch chi ddim bwyta eich swper.

Griddfan

Dyma'r amser perffaith i ddangos i Taid sut i

neud y tric bisged wafferi caramel.*

Fydd o'm yn edrych fel ein bod ni

wedi'u bwyta nhw wedyn, na fydd.

Wafferi gwag.

(*Wele dudalen 43, *Byd Hollol Anhygoel Twm Clwyd*, am fanylion sut i neud y TRIC BISGEDI WAFFERI).

Dwi MOR brysur yn bwyta fy waffer fel 'mod i bron ag anghofio deud wrth Nain nad oes angen iddi goginio. Wrth i mi gnoi, dwi'n gweiddi,

"Mae Mam wedi gneud swper yn barod, Nain – mae o'n y popty."

DIM OND deud hyn mewn pryd ydw i, achos mae hi'n gweiddi yn ôl,

O, am biti! Ro'n i am neud fy rysáit Cyw Iâr a Chreision Ŷd i chi!

Mae Nain yn swnio 'chydig bach yn siomedig.

(Dwi dim. Dwi ddim awydd cyw iâr a chreision ŷd rŵan

... na byth).

Mae rhywbeth yn dechra arogli'n flasus, sy'n newyddion da.

Mae arogl bwyd yn coginio yn dod â Delia i lawr y grisiau

(ond mae hi dal yn biwis).

Mae hi'n defnyddio ffôn mam i ffonio ei ffrindiau i ddeud:

"Wnaeth fy mhoen o frawd bach bla bla ...

SGRECHIAN mor UCHEL arna i nes i fi ollwng fy ffôn. Mae o'n rhacs JIBIDÊRS rŵan."

Dwi'n gorfod gwrando arni'n **GOR-DDEUD** popeth sy wedi digwydd.

Sy'n mynd ar fy nerfa'n FAWR.

Dwi'n ceisio ei hanwybyddu drwy gael gêm SYDYN o Nadroedd ac Ysgolion gyda Taid.

(Fo enillodd).

Tra 'dan ni'n disgwyl am ein swper, dwi'n dechra dŵdlo. Mae swper yn arogli'n hyfryd. Mae pob un o'r dŵdls yn cynnwys BWYD sy'n gneud i fy mol rymblo fwy fyth.

Mae Nain Clwyd yn gweiddi, 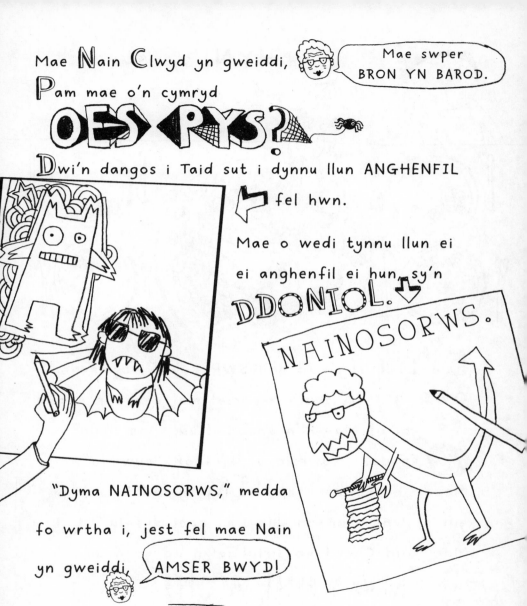 Mae swper BRON YN BAROD.

Pam mae o'n cymryd

OES PYS?

Dwi'n dangos i Taid sut i dynnu llun ANGHENFIL fel hwn.

Mae o wedi tynnu llun ei ei anghenfil ei hun, sy'n DDONIOL.

NAINOSORWS.

"Dyma NAINOSORWS," medda fo wrtha i, jest fel mae Nain yn gweiddi, AMSER BWYD!

Sy'n gneud i mi WIBIO i'r gegin ...

43

... i weld **HYN.** Sy'n **syrpéis!**

Sdim rhyfedd bod SWPER wedi cymryd **oes pys.** Dwi'n meddwl mai cyw iâr a reis ydi o? Mae hi'n anodd deud. Mae Delia yn yn dal i sgwrsio ar ei ffôn "newydd". Medda hi, "Sgen i **DDIM** syniad be ydi o; wna i anfon llun i ti gael dyfalu." Mae Nain Clwyd yn siriol iawn ac yn deud,

"MWYNHEWCH!"
(Fe wna i drio.)

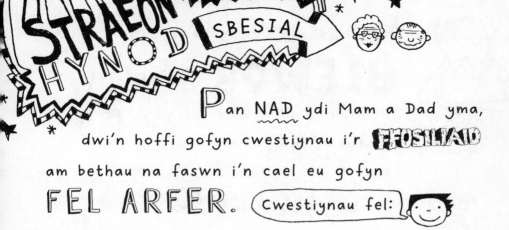

STRAEON HYNOD SBESIAL

Pan **NAD** ydi Mam a Dad yma, dwi'n hoffi gofyn cwestiynau i'r **FFOSILIAID** am bethau na faswn i'n cael eu gofyn **FEL ARFER.** Cwestiynau fel:

- 🙂 Oedd Dad yn hogyn drwg GO IAWN?
- 🙂 Oedd o'n gneud ei waith cartra i gyd?
- 🙂 Oedd o'n un sâl am ~~sullafi~~ sillafu?
- 🙂 Pwy yw eich hoff fab – 🙂 Dad neu

🙂 Yncl Cefin?

(Dydyn nhw byth yn ateb hwnna).

Heddiw, dwi isio gwbod, **"S**ut fabi oedd Dad?"

Mae Nain Clwyd yn ystyried, ac yna'n deud,

Wel, gad i mi weld.

 **"Roedd** dy dad yn fabi

BLEWOG OFNADWY.

Doeddwn i ddim wedi disgwyl yr ateb <u>YNA.</u>

"Oedd o? Pa mor FLEWOG?"

 "Roedd ganddo fop mawr o wallt ei ben," cofia Nain Clwyd.

"Wel, sdim ar ôl rŵan," medda Delia'n goeglyd.

 "Ac roedd ganddo FLEW ar ei gefn hefyd."

"Mae hynna jyst yn WÎYRD," medda Delia. Dwi isio gwbod MWY.

"Oedd o'n edrych fel babi BLAIDD-DDYN?" ➡️  Grrrrrrrrrrrr

Mae Nain yn chwerthin. ha! ha!

"**Na** – roedd ei wallt o'n hyfryd a **meddal** a **FFLWFFLYD**."

"Dim babi ydi hwnna, ond CATH FACH."

Mae Delia yn ysgwyd ei phen.

"Wnaeth Ffranc ddim aros yn flewog am amser hir," ychwanega Nain Clwyd.

"**M**ae fy nheulu i gyd yn **FFRÎCS**,"

"Dwi ddim yn **ffrîc**," medda fi.

"Mater o farn 'di hynna," medda Delia.

Dwi'n anwybyddu Delia ac yn gofyn rhywbeth arall wrth Nain Clwyd.

"Oedd Yncl Cefin yn fabi **BLEWOG** hefyd?"

"Dim fel dy dad. Roedd Cefin yn fabi eitha del."

"Dyna beth ydi syrpréis," mae Delia'n murmur.

Dwi'n manteisio ar y ffaith fod y **FFOSILIAID** yn siaradus ofnadwy heno ac yn gofyn mwy o gwestiynau tra galla i.

"Ydi o'n wir bod yncl Cefin WASTAD yn cael Dad mewn i drwbwl?" (Yn union fel mae Delia efo fi). ☹

"Roedd o'n digwydd weithia," medda Taid dan chwerthin.

"Mae Dad yn deud ei fod o'n digwydd DRWY'R amser," medda fi wrth Taid.

"Dwi'n cofio fel roedden nhw'n arfer cael rasus rowlio-lawr-yr-allt yn y parc. Roedd Cefin wastad isio **ENNILL**."

"Sdim wedi newid felly," sibryda Delia wrtha i.

Mae Taid yn cario ymlaen. "Roedd Ffranc yn ENNILL o hyd, felly penderfynodd Cefin un tro ei WTHIO i'r cyfeiriad anghywir...

Felly roliodd Ffranc yr HOLL FFORDD i mewn i'r glaswellt HIR ...

... oedd yn LLAWN o ddanadl poethion ac 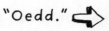 ysgall. Sy'n boen pan rwyt ti'n gwisgo 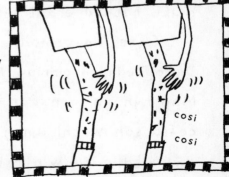 siorts fel oedd Ffranc."

"Siŵr ei fod o'n cosi," medda fi wrth Taid.

"Oedd." ⇨

Yna mae Nain yn deud wrthon ni pa mor BRAF
ydi hi bod y brodyr yn cyd-dynnu cystal rŵan.
Hanner gwir ydi hyn. Felly dwi'n deud,
"Maen nhw'n dod 'mlaen yn weddol."
Mae Delia'n rhoi proc i mi gyda'i throed.
"Beth ti'n feddwl, Twm?" gofynna Nain.
"Mae Yncl Cefin yn GWYLLTIO Dad,"
egluraf. "Yn enwedig pan mae o'n gneud
pethau fel hyn." Dwi'n dynwared Yncl Cefin yn
siarad gyda Dad.
"'Helô Ffranc, be sy o dan yr het
– o sbia, affliw o ddim!"
Dydi Dad ddim yn hoffi hynna O GWBWL.
Dwi ddim yn sôn wrth y FFOSILIAID am yr
HOLL bethau eraill sy'n gneud Dad yn flin
(mae 'na ormod).
Dyma Delia yn geirio FFŴL yn fud tuag ata i.
Mae hyn yn mynd ar fy nerfa, ond yna dwi'n
cofio sôn wrthi am y ddau waffer caramel
dwi wedi'u cadw'n arbennig iddi hi.

"**M**aen nhw ar blât yn
y stafell ffrynt i ti, Delia."

Mae hi'n amheus ond yn eu cymryd yr un fath.

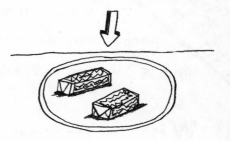

Mae twyllo Delia efo'r Tric Bisgedi Waffer Gwag
wastad yn gneud i mi chwerthin.

Hi! Hi! Ha! Ha!

Doniol iawn, Twm!

Mae Taid a fi'n cael un gêm arall o **N**adroedd ac **Y**sgolion.

(Fi sy'n ennill y tro yma).

Yna, dwi'n mynd i'r gwely'n GYNNAR achos dwi ddim isio bod o gwmpas pan mae Mam a Dad yn dod adra.

Wrth i mi fynd, mae Nain yn deud wrtha i eu bod nhw'n dathlu eu *pen-blwydd priodas* AUR cyn hir.

"Dylen ni i GYD neud rhywbeth gyda'n gilydd i **DDATHLU**."

"GAWN NI FYND I **BARC ANTUR?**" awgrymaf.

"Dwi ddim yn siŵr os gall Taid fynd ar rolar-costar. Ond dwi'n addo gwnawn ni rhywbeth neis," medda Nain wrth iddi ddiffodd y golau.

Dannedd taid

(Pwynt da, Nain)

Gan **nad** ydw i'n gysglyd o gwbwl, dwi'n aros i **N**ain **C**lwyd fynd i lawr y grisiau, yna dwi'n mynd i ffenest fy llofft i ddangos y DŴDL wnes i'n gynharach i Derec.

(Mae o'n chwerthin).

Pan dwi'n GWELD car Mam a Dad yn cyrraedd, dwi'n gorfod NEIDIO yn ôl i 'ngwely yn *GYFLYM.*

Dwi'n gallu eu clywed nhw'n sgwrsio i lawr y grisiau, tra dwi'n esgus cysgu.

Mae Mam wedi deud y gair TRYCHINEB nifer o weithia. Sy'n fy mhoeni.

Dwi'n cau fy llygaid yn DYNNACH fyth jest rhag ofn daw rhywun i fy stafell. Gyda lwc, bydd **M**am wedi anghofio popeth am y staen ÔL LLAW ar ei ffrog erbyn y bore.

DWI'N GOBEITHIO.

53

DYMA ydi'r peth **CYNTAF** dwi'n ei weld pan dwi'n dod i lawr yn y bore. Waeth fod yna **ARWYDD ENFAWR** yn deud hyn ddim:

SBÏWCH BETH WNAETH **TWM.** MAE O MEWN **TRWBWL** MAWR!

(Gobeithio ddim.)

Af i dŷ Derec yn GYNNAR a cherdded i'r ysgol hefo fo, i osgoi unrhyw gwestiynau annifyr.

Fel dwi'n paratoi i adael, mae Dad yn dychwelyd wedi'i lonc foreuol ac yn deud, "Haia Twm. Ti wedi codi'n gynnar – popeth yn ocê?"

A dwi'n deud, "Ydi hi'n gynnar? Do'n i heb sylwi."

54

Dwi ddim isio edrych fel fy mod i'n DESBRET i adael, felly dwi'n gofyn i Dad a gawson nhw amser neis neithiwr.

"Cawson ni amser grêt, a doedd dim rhaid i mi dalu am swper, sy wastad yn newyddion da." (Mae'r newyddion **DRWG** ar ei ffordd ... gylp.)

"Ond y newyddion **DRWG** ydi ..." (Griddfan.)

"... mae 'na STAEN ar ffrog newydd dy fam." → Sblych

(A DY FAI DI YDI
O I GYD, TWM.)

Aiff Dad yn ei flaen ...

"Roedd 'na rywbeth ar y sedd wnaeth hi eistedd arno yn y bwyty – felly maen nhw wedi cynnig glanhau'r ffrog!" STAEN

Dwi'n deud, "IEI!"

Mae Dad yn edrych arna i'n rhyfedd. Dwi'n deud, "Dwi mor falch dros Mam," fel eglurhad, rhag ofn iddo fo ddechra amau rhywbeth.

Yna mae ffôn Dad yn canu. **D**wi'n gwbod ei fod o'n siarad gydag Yncl Cefin oherwydd ei fod o'n tynnu **stumiau.**

Mae o'n tapio ei oriawr ac yn ysgwyd ei ben.

Sy'n golygu "pam ei fod o'n ffonio RŴAN?"

Mae Dad yn rowlio'i lygaid.

"Ia, ia. Byddwn wrth ein boddau yn eich gweld nes mlaen, Cefin." Yna mae o'n diffodd y ffôn.

"Ydyn nhw'n dod draw?" dwi'n gofyn i Dad.

"**YDYN,** i drafod y 'cynlluniau' ar gyfer *pen-blwydd priodas aur* Nain a Taid," medda Dad.

Dwi'n deud wrth dad am fy syniad o fynd i'r **PARC ANTUR.** Ha! Ha!

Mae o'n meddwl mai **TYNNU COES** ydw i. (Dwi DDIM!)

Ond o leia os ydi'r cefndryd yn galw draw hefyd, wnaiff Mam fynd i nôl rhywfaint Dyma nhw! o'r trîts mae hi'n eu cuddio.

(Dwi'n gwbod ble maen nhw i gyd).

56

Mae Dad yn hongian ffrog Mam
i fyny ac yn SYLLU arni.

"Mae o'n edrych 'chydig bach
fel SIÂP LLAW, tydi, Twm?"
medda fo.

"Na, dwi ddim yn meddwl,"

Mae hi'n **bendant** yn

bryd i mi fynd i dŷ Derec. Y peth ola mae Dad
yn ei ddeud wrth i mi adael ydi:

Dos â chôt GYNNES. Mae hi'n oeri
ac mae hi am fwrw EIRA
yn nes ymlaen heddiw.

"OCÊ," medda fi, gan gydio yn y gôt
gyntaf ddaw i law.   Côt hynod denau.

(Wnaiff hi ddim bwrw eira,
bydda i'n iawn).

"Ti'n gynnar," medda Derec wrth iddo agor y drws i mi.

"Fel bob amser," medda fi. (Celwydd.)

Wrth i ni adael am yr ysgol, mae

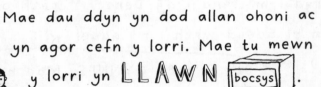

LORRI ANFERTH

yn parcio o flaen tŷ fy NGHYMYDOG arall.

Mae dau ddyn yn dod allan ohoni ac yn agor cefn y lorri. Mae tu mewn y lorri yn LLAWN bocsys.

"Tybed pwy sy'n symud i mewn?" gofynna Derec.

"NID yr hogan 'na oedd yn tynnu stumiau hyll arna i, gobeithio. Roedd hi'n mynd ar fy nerfa yn fwy na Carwyn."*

"Rhaid ei bod hi'n DDRWG 'ta," medda Derec, gan chwerthin.

Dwi'n gweld Mam, yn drwyn i gyd, yn edrych ar y lorri drwy ffenest y llofft. Amser gadael!

(*Wele dudalen 32 a 33, Mae Twm Clwyd yn Hollol Wych (am Wneud Rhai Pethau).

58

Wrth i ni gerdded i'r ysgol, dwi a Derec yn

siarad am be wnaethon ni neithiwr.

(Bla bla **N**adroedd ac **Y**sgolion

Bla bla Bwytaodd Rŵster fy swper.)

Rŵster

selsig

Yna mae Derec yn deud, "Mae'n

OERI yn ofnadwy, tydi?"

Mae o'n IAWN.

Dwi'n awgrymu cerdded *ar wib*

i'r ysgol.

"Ffwrdd â ni ..."

Ni ydi'r plant CYNTA i gyrraedd yr ysgol ac

mae hi'n dechra bwrw dipyn bach o **EIRA**

Mae hi'n pluo digon i ni ddechra **CYNHYRFU**

ond does 'na ddim digon o eira i neud pelen

eira GO IAWN eto.

Ond, dwi'n trio fy ngora, drwy grafu'r

eira sy o 'nghwmpas.

Pelen fach iawn.

Mae'r marciau dwi wedi'u gneud ar y llawr wedi rhoi syniad da i mi. Dwi'n dod o hyd i frigyn cryf fel nad ydi fy nwylo'n oeri gormod, a dwi'n dechra crafu'r eira.

"Hei, 'drycha ar hyn ..." medda fi wrth Derec.

"**DŴDLSEIRA!**"

Mae dŵdlo yn fy nghadw i'n brysur ac yn fy atal rhag (meddwl) am ba mor **OER** ydw i. Dwi'n dyfaru peidio gwisgo côt gynhesach rŵan. Erbyn i gloch yr ysgol ganu, mae

fy **NŴDLSEIRA!** Wedi tyfu'n **ANFERTH**. Mae yna blant bach yn fy ngwylio'n tynnu lluniau.

Mae Carwyn Campell yn glanio ac isio gwbod be sy'n digwydd.

Mae o'n deud, "Symudwch. Dwi'n **DDISGYBL DISGLAIR**" ac yn gwthio heibio pawb.

O, ti ydi o, Twm. Ro'n i'n meddwl bod 'na rhywbeth DIFYR yn digwydd. Mae un plentyn bach yn deud wrth Carwyn "Mae o'n dda iawn am dynnu llun." "Diolch!" dwi'n ateb. Mae Carwyn yn gwawdio ac yn deud, "Mae o'n ocê."

Mae cloch yr ysgol yn canu. Dyma

EFA PARRI yn cerdded

heibio a dwi'n deud wrthi,

"Wnes i fynd i hwylia."

"Fedra i weld hynny," medda hithau.

Dwi'n tynnu 'chydig mwy o linellau ar y dŵdl,

cyn dilyn Efa i mewn i'r ysgol.

Mae Mr Ffowc eisoes yn ysgrifennu

ar y bwrdd pan 'dan ni'n cyrraedd. Mae o'n deud,

"BRYSIWCH AC EISTEDDWCH I LAWR bawb,

rydych chi wedi gweld EIRA o'r blaen."

Mae rhywun yng nghefn y dosbarth yn deud Dwi ddim.

Mae Caled, Norman a Carwyn Campell yn edrych

drwy'r ffenest, gyda chriw o blant eraill.

Mae Caled yn eistedd yn ôl i lawr ac

yn deud wrtha i, "Mae dy ddŵdl eira yn edrych

yn grêt o'r ffenest, Twm, ond dwi ddim yn siŵr

os gwnaiff Mr Ffowc ei hoffi fo, cofia."

O NA! Wnes i ddim meddwl am HYNNA!

Os medra i gadw Mr Ffowc ODDI WRTH y ffenest, ella caiff y dŵdl ei ORCHUDDIO gan fwy o blu eira? ° °°° ° °°° Mae o'n gynllun da. Ond mae mwy o blant isio edrych drwy'r ffenest rŵan, sy DDIM yn helpu.

Mae Mr Ffowc yn troi at y dosbarth cyfan ac yn deud, **"Dim mwy o SYLLU ar yr eira drwy'r ffenest."**

Dwi'n YSU iddo fo frysio i DDECHRA'R wers! (Dydi hynny ddim yn digwydd yn aml.)

Mae Mr Ffowc yn RHYTHU arnon ni i gyd.

"Wel, Dosbarth 5C, mae gennym ni wythnos gyffrous iawn o'n blaenau. Rydan ni'n mynd i wahodd – NORMAN WATSON!"

Mae pawb yn dechra chwerthin achos mae Norman yn meddwl ei fod o wedi cael ei wahodd i fynd i rywle.

"I ble dwi'n mynd, SYR?"

 "EISTEDD I LAWR, Norman."

Mae Mr Ffowc yn dechra cerdded tuag at y
FFENEST.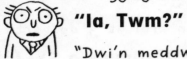

Mae o'n mynd i weld y DÔDLSEIRA!

Dwi'n codi'n gyflym ac yn deud, "Mr Ffowc"

 "Ia, Twm?"

"Dwi'n meddwl am yr eira ... errrr?"

Fedra i ddim meddwl beth i'w ddeud.

Felly dwi'n cael pwl o **DAGU**, sy'n lladd

'chydig bach mwy o amser.

 tagu

tagu

tagu

 "Wyt ti'n iawn, Twm? Wyt ti isio
llymaid o ddŵr?"

"Dwi wedi anghofio fy nghwestiwn, syr."

"Eistedda, 'ta."

Dwi'n eistedd i lawr ...

cyn CODI eto.

Mae CARWYN yn codi'i law.

"Mae Twm wedi TYNNU LLUNIAU

yn yr EIRA tu allan, syr. Ar rheini

'dan ni i gyd yn edrych."

DIOLCH yn FAWR, Carwyn.

Mae Mr Ffowc yn cerdded at y ffenest

ac yn cymryd Sbec 👀 tu allan.

(Mae o'n siŵr o weld y dŵdl rŵan).
O na

... Dwi mewn trwbwl. Bydd

 BATHODYN DISGYBL DISGLAIR ⊗ i mi rŵan!

Mae Mr Ffowc yn SYLLU drwy'r ffenest.

Yna'n troi ata i. **"Ti wedi bod**

yn brysur IAWN, Twm."

(Dwi wedi.) "Ydw, syr."

"PAWB i ddod i edrych ar ddŵdl Twm,

yna eistedd yn ôl i lawr."

BE? O DDIFRI? Dwi'n sbecian drwy'r ffenest a

dydi o ddim cynddrwg ag roeddwn i wedi'i feddwl.

Yn lwcus i mi, mae Stan y Gofalwr (a'r plu eira) wedi gorchuddio rhywfaint o'r dŵdl. FFIW!

(Ond mae Mrs Williams yn dal i edrych braidd yn dodji.)

Gyda'r holl fusnes EIRA 'ma, dim ond newydd sylwi bod DESG ARALL wedi ymddangos ar ben ein rhes ni ydw i.

"Pwy bia'r ddesg 'na?" dwi'n gofyn i Efa.

Wyddai hi ddim.

"Ella bod y dosbarth am gael ei aildrefnu eto?" mae hi'n cynnig.

Dydi Mr Ffowc heb neud hynny ers iddo fy symud i flaen y dosbarth i'm rhwystro i rhag dŵdlo.

(Mi weithiodd ... 'chydig bach).

Dwi ddim isio i EFA symud, gan ei bod hi'n fy helpu gyda fy ngwaith (hyd yn oed os nad ydi hi'n sylweddoli hynny).

Mae yna UN ddesg baswn ni'n hoffi ei symud ...

Mr Ffowc.

Fy nesg.

PELL I FFWRDD

DESG CARWYN

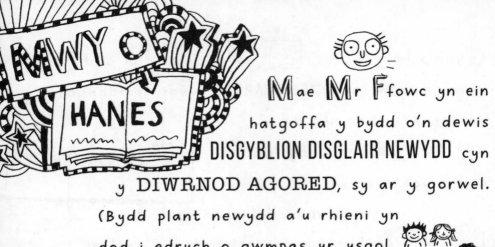

MWY O HANES

Mae Mr Ffowc yn ein hatgoffa y bydd o'n dewis DISGYBLION DISGLAIR NEWYDD cyn y DIWRNOD AGORED, sy ar y gorwel. (Bydd plant newydd a'u rhieni yn dod i edrych o gwmpas yr ysgol yn ystod DIWRNOD AGORED.)

"A bydd gofyn i rai o fy nosbarth i roi HELP LLAW YCHWANEGOL hefyd," medda Mr Ffowc.

"Os NAD ydych chi wedi bod yn DDISGYBL DISGLAIR eto, ac os gwnaethoch chi gyflwyno'ch gwaith cartref ar amser, dyma'ch cyfle efallai."

medda fo.

Gwaith cartref.

Baswn i'n CARU hynny. Mae DISBYGLION DISGLAIR yn cael aros yn y LLYFRGELL ambell amser cinio hefyd.

Sy'n arbennig o dda yn y GAEA os ydych chi wedi anghofio dod â chôt GYNNES (fel fi).

Crynu

Crynu

Mae Mr Ffowc yn dosbarthu taflenni gwaith heddiw, am y LLYCHLYNWYR.

"Estynnwch eich LLYFRAU HANES, plis."

(Pa lyfr hanes?

Rhaid bod fy un i adra).

Dwi'n darganfod ambell ddalen sbâr o bapur yn fy mag i mi gael sgwennu arnyn nhw, sy'n golygu nad oes rhaid i mi ddeud wrth Mr Ffowc

chwilio

Dwi wedi anghofio fy llyfr.

Sblych

DIM LLYFR HANES + PAPUR SBÂR = DIM BATHODYN DISGYBL DISGLAIR

Rhaid i mi gofio GLYNU y darnau papur yn fy llyfr HANES fel NAD ydyn nhw'n mynd ar goll.

(Mae o'n gynllun da.)

Papur crychiog

Mae'n dosbarth ni wedi bod yn dysgu am y LLYCHLYNWYR. Wythnos ddiwethaf ddarllenon ni STWFF da am gychod

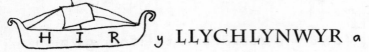 HIR y LLYCHLYNWYR a sut roedden nhw'n eu defnyddio i ORESGYN gwahanol wledydd. Roedd y LLYCHLYNWYR yn FFYRNIG!

Mae Mr Ffowc yn dechra tynnu llun rhywbeth ar y bwrdd gwyn, sy wastad yn tynnu fy sylw.

Mmmm, dwi ddim yn siŵr be ydi o eto. Gallai fod yn HELMED LLYCHLYNNWR?

Mae o'n troi rownd a deud,

Does neb yn gwbod yn bendant a oedd y LLYCHLYNWYR yn gwisgo helmedau oedd yn edrych fel hyn, gyda chyrn anifeiliaid GO IAWN arnyn nhw.

Dwi WIR YN CEISIO canolbwyntio ar Mr Ffowc. Ond mae o MOR anodd pan mai'r cwbwl dwi'n weld ydy hyn ...

Mae'r dosbarth **IGYD** wedi sylwi rŵan ...

Mae Ffion Morris yn codi ei llaw ac yn esbonio pam ein bod ni'n chwerthin.
"OCÊ, doniol iawn, 5C." Mae **Mr Ffowc** yn gwenu ac yn symud oddi wrth y bwrdd.

(Dwi'n dal i chwerthin.)

Mae gwers bore 'ma wedi bod MOR dda
fel 'mod i (er syndod) wedi llwyddo i
anghofio am yr EIRA ac ANWYBYDDU
Carwyn yn llwyr. Sy ddim yn beth hawdd.

Wnes i siarad yn rhy fuan. Mae
Carwyn yn rhoi PROC i mi.

"Dyfala be?"

"Be, Carwyn?"

"Dwi ddim yn meddwl dy fod ti'n
cael BATHODYN, y tro yma, Twm."

"Sut ti'n gwbod? Ella ca i un."

"Dydi dy enw di ddim ar restr Mr Ffowc."

(Mae o MOR fusneslyd).

"Allet ti fod yn anghywir, Carwyn.
Dwyt ti ddim yn iawn bob tro, cofia."
Yna mae o'n dechra mwydro am ei fathodyn o eto.

Pan dwi'n gwisgo fy MATHODYN DISGYBL DISGLAIR,
mae plant yr ysgol gyfan yn gwbod
'mod i'n HYNOD glyfar.

"Dyna lwcus wyt ti," medda fi gan ochneidio.

Sblych

Do'n i ddim yn disgwyl bod yn **DDISGYBL DISGLAIR**
eto achos mae'r rhan fwyaf o fy ngwaith
cartra un ai wedi bod yn hwyr neu wedi cael
ei SGRYNSHD rhyw fymryn bach
(neu weithia'r ddau).

Wnaeth fy narn dwytha
o waith cartra LYNU wrth
ddŵdl wnes i daflu. Pan wnes i
ddod o hyd iddo o'r diwedd, yn y bin, roedd
o'n HYNOD GRYCHIOG.

Wnes i DRIO ei neud o'n LLYFN,
a'i ludio fo yn fy llyfr, a'i roi o dan rywbeth
trwm i'w gadw'n fflat.

Ond wnaeth o ddim gweithio.

Roedd yn rhaid i mi roi fy ngwaith cartra i mewn
prun bynnag - doedd Mr Ffowc ddim yn hapus
(O leiaf ddaru mi neud o, sy'n rhywbeth).

Gwaith cartref
Y LLYCHLYNWYR
Twm Clwyd

Dyma rai ffeithiau DIDDOROL am y Llychlynwyr.

1.Roedden nhw'n dda IAWN am wneud a
hwylio cychod hir.

2.Roedden nhw'n tyfu LLAWER o lysiau fel
BRESYCH (sblych).

3. Roedd y Llychlynwyr yn gwneud tai o bren
ac weithia roedden nhw'n rhoi TYWEIRCH
neu wair ar y to. Dwi'n meddwl dylai Dad
wneud hynny i'w sied. (Ella gwna i drio fo).

4.Roedd y Llychlynwyr yn gwehyddu LLAWER.
(Dwi'n meddwl.)

Twm,
Dim mwy o waith cartref
crychiog fel hwn.
Mr Ffowc.

UN AMSER CHWARAE HYNOD OER

Mae **Mr Ffowc** yn DEUD wrthon ni i gyd **"i fod yn OFALUS tu allan. Fydd yr ysgol DDIM yn cau am fod 'na 'chydig bach o eira ar lawr."**

Mae'r dosbarth i gyd yn deud AWWWWWWWWWWW.

Os nad ydi'r eira yn GWAETHYGU, wrth gwrs.

IEEEEEAAAAHHHHH!

Rydan ni i gyd yn cymeradwyo.

"Mae'r ddaear yn llithrig, felly DIM rhedeg na brwydrau peli eira yn ystod amser chwarae. Dydym ni ddim isio ailadrodd beth ddigwyddodd i Syr Preis y llynedd, ydyn ni?"

"NA, Mr Ffowc," meddan ni i gyd.

Cafodd ein prifathro, Syr Preis, ei DDAL mewn BRWYDR BELI EIRA FAWR.

(Camodd allan o'r drws ar yr UNION adeg anghywir.)

Wnaethon ni ddim sylweddoli pa MOR FLIN oedd Syr Preis nes i'r eira DODDI oddi ar ei wyneb HYNOD **BOETH A CHOCH.**

"BYDDWCH yn gall!" IAWN, SYR!

Yr eiliad 'dan ni'n gweld eira mae ⟨pawb⟩ yn troi'n WIRION.

Mae Stan y Gofalwr yn taflu GRAEAN sbesial a halen ym mhobman er mwyn ei gneud hi'n llai llithrig. Mae Mrs Mwmbl a Mr Sbrocet ar ddyletswydd amser chwarae ac maen nhw'n cymryd gofal mawr rhag iddyn nhw lithro hefyd.

Dwi'n dyfaru 'mod i heb wisgo côt gynnes. Fel ddudodd Dad.

Dos â chôt gynnes. Mae hi am fwrw eira.

Dwi'n dechra CRYNU ac oeri.

"Dwi DDIM yn oer o gwbwl,"

medda Norman.

Mae hynny oherwydd nad ydi o byth yn sefyll yn llonydd. Mae o'n sgwpio  eira oddi ar y wal i neud peli eira.

Dwi'n ymuno ag o ac yn ceisio anghofio am yr oerfel drwy greu ... gadwch i mi weld.

Dyn eira bach.

Mae'r darn yma o weiren wedi'i phlygu yn BERFFAITH ar gyfer y gwallt.

Dydi o ddim yn cymryd fawr i Norman ddyfalu pwy ydi o.

Ha! Ha! Ha!

Mae fy nwylo wedi fferru (dwi ddim yn gwisgo fy menyg). Dwi'n dechra eu chwifio o gwmpas i'w cynhesu.

Mae Derec yn deud,  "Wn i, be am chwarae
Carreg Siswrn Papur i gadw ein dwylo'n gynnes."
(Sy'n syniad da). Mae hi'n gêm HAWDD a CHYFLYM

i'w chwarae.
'Dan ni'n paratoi
fel HYN ...

Un   Dau   Tri ...

Yna 'dan ni'n neud gwahanol siapiau efo'n dwylo.

Carreg sy'n ennill.

Yna mae Carwyn yn dod draw a deud,

Be dych chi'n neud?

"Chwarae Carreg Siswrn Papur.

T'isio chwarae?" gofynna Caled.

Mae Carwyn yn deud, "Ocê."

Rydan ni'n casglu mewn cylch ac yna'n mynd

... barod.

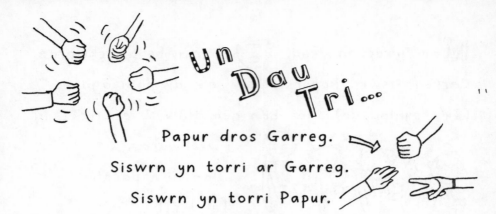

Un Dau Tri...

Papur dros Garreg.

Siswrn yn torri ar Garreg.

Siswrn yn torri Papur.

Rydan ni i gyd yn edrych ar Carwyn, sy'n

gneud rhywbeth gwahanol gyda'i law.

"Fi sy'n ennill!" medda fo.

"Sut hynny, Carwyn?" medda fi. Mae ei

law yn gwneud symudiad CRYNEDIg fel ton.

"Be 'di HWNNA?"

gofynna Derec.

"DŴR -

- mae dŵr yn curo Carreg, Siswrn a Phapur."

"Dŵr?" meddan ni fel côr.

"Dwi 'rioed 'di gweld DŴR yn y gêm yma o'r

blaen," medda Caled.

"Wel, dwi wedi. Dyna sut dwi'n ei chwarae hi.

Mae D̂wr yn socian papur.

Mae D̂wr yn rhydu Siswrn.

Wnaiff Carreg suddo mewn D̂wr ...

... felly FI SY'N ENNILL."

'Dan ni i gyd yn syllu ar ein gilydd a rowlio'n llygaid.

"Gadwch i ni gael gêm arall," medda Derec.

Felly i ffwrdd â ni.

Ond mae Carwyn yn ei neud o ETO!

"D̂wr - FI sy'n ennill."

"Dal dy afael, oes 'na unrhyw beth yn curo D̂wr?" dwi isio gwbod.

"Os gwnei di gario mlaen i ddeud D̂WR drwy'r adeg, yna ti wnaiff guro bob tro," medda Caled wrth Carwyn.

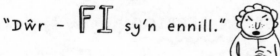

"Pam lai? Allwch chi neud hynny hefyd."

"Yna fydd 'na neb yn ennill," medda Caled.

"Beth am gael gêm ARALL 'ta?" dwi'n cynnig.

Gwnaiff Norman **GARREG** yn rhy gyflym felly rhaid i ni ddechra eto.

Dwi am neud rhywbeth gwahanol y tro nesa.

Awê â fi. BAROD.

Un, Dau, Tri...

Gwnaiff Norman – Carreg.

Caled – Papur. Derec – Siswrn.

Mae Carwyn yn gneud ei law grynedig wirion a dwi'n gneud siâp SEREN BEFRIOG gyda fy llaw.

"FI SY'N CuRO!" medda fi.

"Be 'di HWNNA?" mae Carwyn yn gofyn.

"HAUL – yli, sbia –"

Dwi'n ei neud o eto.

"HAUL – LLOSGI PAPUR toddi metel a throi cerrig yn LLWCH...

82

Ac yn sychu'r holl ddŵr – felly fi sy'n curo!

"Ti'n gneud hynna i fyny," medda Carwyn.

"Dwi DDIM. Os ti'n gallu cael DŴR alla

i gael HAUL."

Medda Derec, "Wnes i anghofio am HAUL.

Ti sy'n ennill, Twm."

Yna mae Carwyn yn deud, "Gêm wirion ydi hon."

"Mae hi'n cadw fy nwylo'n gynnes," dwi'n

atgoffa Carwyn gan neud 'chydig mwy o

SÊR PEFRIOG.

(Mae Carwyn wedi cael digon.)

Mae o'n deud, "Gan fy mod i'n DDISGYBL

DISGLAIR, alla i fynd i gadw'n gynnes yn y llyfrgell

tra dach chi i GYD yn gorfod aros allan yn fan

hyn yn chwarae gemau gwirion ← Carwyn cynnes

yn yr OERFEL."

Mae Caled yn deud, "Dwi'n mynd i gael BATHODYN DISGYBL DISGLAIR hefyd, mae Mr Ffowc wedi deud wrtha i."

"Da iawn, Caled," medda fi.

Mae Derec yn gofyn, "Wyt ti'n gorfod mynd i'r DIWRNOD AGORED, 'ta?"

Cyn iddo ateb, mae Carwyn yn TORRI AR DRAWS a deud, "Wel, DWI'N mynd i'r DIWRNOD AGORED."

(Mae Carwyn yn ceisio edrych yn bwysig.)

Mae Caled yn ychwanegu, "Dwi'n gorfod mynd â phobl o gwmpas yr ysgol hefyd."

Bydd Caled yn DDISGYBL DISGLAIR da iawn ☺ achos mae o'n ffeind ac yn dda am helpu.

(Yn wahanol i rywun arall dwi'n adnabod).

Mae hi wedi dechra BWRW DIPYN MWY o EIRA erbyn hyn. Yn sydyn chwibana Mrs Mwmbl.

"Amser chwarae ar ben! Cymrwch ofal wrth fynd i mewn," medda hi wrth i Mr Sbrocet LITHRO heibio iddi.

Mae Norman yn gneud mwy o beli eira, cyn eu gadael mewn pentwr.

Dwi'n dilyn Derec a Caled a chriw o blant yn ôl i'r ysgol pan dwi'n teimlo rhywbeth **OER** a **GWLYB** ar fy NGWDDW.

"Be ydi hwnna?"

Dwi'n estyn yn ôl ac mae RHYWUN wedi rhoi pelen eira **FAWR SLWTSHLYD** yn fy HWD!

YCH. "Pwy wnaeth hynna?"

Mae Derec yn deud na welodd o pwy wnaeth. Dim Caled wnaeth achos mae o o 'mlaen i. Dwi'n troi rownd a rhythu ar y plant sy tu ôl i mi.

Mae **UN** wyneb yn sefyll allan yn y criw.

"Dim fi wnaeth," medda Carwyn, gan drio fy argyhoeddi.

(Mae o'n methu.)

Dwi'n tynnu'r eira o fy hwd. Mae o eisoes wedi dechra troi'n **SLWTSH EIRA.** Dwi'n gneud yn siŵr nad oes neb yn gwylio. Dwi ddim isio glanio mewn dŵr poeth gydag unrhyw un o'r athrawon llygaid barcud.

Yna dwi'n **TAFLU** y **SLWTSH EIRA** fry i'r awyr i gyfeiriad Carwyn.

Dwi'n troi rownd yn sydyn ac yn **RHEDEG** i fy nosbarth cyn iddo lanio.

Dwi'n disgwyl clywed sŵn **SBLAT MAWR** neis, ddylai ddigwydd tua

RŴAN?

... dwi'n dal i ddisgwyl ...

... dim byd eto.

Yna dwi'n clywed ...

"Pwy DAFLODD y BELEN EIRA 'na?"

Dwi ddim yn siŵr SUT gwnes i lwyddo i fwrw Syr Preis, ond dwi'n gneud yn sicr 'mod i'n cyrraedd fy nesg ac eistedd i lawr yn S Y D Y N.

(Diolch byth.)

AMSER CHWARAE HYNOD HIR

Mae hi'n teimlo'n OERACH tu mewn i'r ysgol na'r tu allan rŵan.

Dwi'n SIŴR nad dychmygu ydw i.

Mae Mr Ffowc ar fin dechra ei wers pan mae o'n deud,

"Dwi'n meddwl bod y gwres wedi diffodd, sydd ddim yn beth da."

Mae o'n deud hyn wrthyn ni jyst fel mae Mrs Mwmbl yn torri ar ei draws gyda CHYHOEDDIAD BRYS ar yr UCHELseinydd.

"Helô, bawb."

"Helô, Mrs Mwmbl," 'dan ni i gyd yn ateb.

(Sy dipyn bach yn od gan nad ydi Mrs Mwmbl yn y stafell.)

"Ella eich bod wedi sylwi ei bod hi wedi oeri DIPYN yn yr ysgol. Rydan ni'n cael ychydig o broblemau gyda'r gwres."

Mae Stan, ein gofalwr gwych, yn ceisio ei orau i'w drwsio, ond os gwnaiff yr eira waethygu, bydd rhaid i ni ... cracl CRAC f...yn...do... m a ...be..ri....g... o...n...d ca...wn wel...d."

Be? Be ddwedodd Mrs Mwmbl? All Mr Ffowc ddim clywed chwaith. Dwi'n meddwl ei bod hi wedi deud rhywbeth DA achos mae yna blant yn cymeradwyo yn y dosbarthiadau eraill.

Mae Mr Ffowc yn cynnig ein bod ni'n gwisgo ein cotiau eto er mwyn cadw'n GYNNES. Ond mae fy nghôt i braidd yn wlyb (yn enwedig yr hwd) felly dwi ddim yn trafferthu. Mae'r EIRA yn disgyn yn gyflymach fyth rŵan ac mae'r plu yn FAWR ac yn gneud i'r ysgol edrych yn lân a gwyn (am unwaith).

Y drws nesa, mae Mr Sbrocet yn mynd â'i ddosbarth i'r neuadd.

"Ella bydd rhaid i ni adael yr ysgol yn gynnar heddiw. Rydan ni'n mynd i aros yn y neuadd am ei bod hi'n gynhesach yno," esbonia Mr Sbrocet wrth **M**r **F**fowc.

Mae **M**r **F**fowc yn meddwl ei fod o'n syniad da i'w dilyn nhw. Mae **N**orman yn neidio i **fyny** ac i **lawr** ac mae plant y dosbarth wedi cynhyrfu yn barod.

AMSER CHWARAE EIRA

Clywais i Mr Sbrocet yn deud:

GADAEL YN GYNNAR.

Chlywais i ddim byd wedyn.

Mae **eFA** wastad yn gwbod be sy'n digwydd, felly dwi'n ei dilyn hi.

Mae Norman yn achosi

CYTHRWFWL drwy smalio taflu

peli eira dychmygol at bawb nes i Mr Ffowc ei stopio

DIGON!

Rydan ni'n mynd i'r neuadd. Mae **Stan**, y gofalwr, wedi troi GWRESOGYDDION BRYS ymlaen ac maen nhw'n gweithio'n dda.

Mae **Mr Ffowc** yn deud wrthon ni am estyn ein llyfrau darllen ac eistedd yn dawel tra 'dan ni'n disgwyl. (Sy'n rhywbeth arall dwi wedi'i anghofio. Sblych.)

Mae'r rhan fwyaf o'r ysgol wedi'i STWFFIO i'r neuadd, felly mae hi bron yn RHY GYNNES rŵan.

gwres

gwres

gwres

Tu allan, mae hi'n bwrw eira'n GYFLYM a **thrwchus** ac mae Syr Preis yn ceisio cael ein sylw.

"**Mae gen i NEWYDDION DDRWG,**" medda fo.

91

DISTAWRWYDD

"Yn anffodus, bydd yn rhaid i'r ysgol gau nes bydd y gwres wedi cael ei drwsio."

HŴŴRREE!!

O weld y wên ar wynebau'r plant (a'r athrawon), Syr Preis ydi'r unig berson sy'n meddwl fod hyn yn newyddion **DRWG**.

Mae fy nosbarth i **AR DÂN** gyda chynlluniau i chwarae yn yr eira. Bydd gynnon ni lwyth o amser i fynd i *SLEJO* os bydd yr ysgol ar gau am dipyn. **B**ydd o'n **ANHYGOEL.**

Mae Mr Ffowc yn deud wrth ein dosbarth ni na allwn ni fynd adra yn syth bìn.

OOOOOOOOOOOO!

"Rhaid i swyddfa'r ysgol gysylltu gyda chartre pawb i sicrhau eich bod chi'n gallu cyrraedd adre'n saff."

Sy'n swnio'n hynod SWYDDOGOL.

Mae Mrs Nap isio gwbod,

"Dwylo i fyny pwy sydd awydd dod i'r ymarfer côr yn gynnar? Unrhyw un?"

(Dim dwylo, sy braidd yn annifyr).

Mae gan Mrs Mwmbl restr o blant sy'n cael mynd adra rŵan, a rhestr arall o blant sy'n gorfod cael eu casglu.

GA I fynd adra RŴAN mae'n siŵr, gan 'mod i'n byw MOR agos.

Dwi'n disgwyl clywed fy enw ...

ond dydy fy enw ddim yn cael ei alw. Dwi'n gorfod disgwyl i Dad ddod i fy nôl, sy'n boen.

Cywilydd.

O leia ddwedodd Derec y byddai o'n aros efo fi, fel nad oes rhaid i mi aros ar ben fy hun. Dim ond i lawr y ffordd 'dan ni'n byw, felly dwi'n siŵr daw Dad yma'n GYFLYM. (Gobeithio).

Esgidiau anghywir

LLITHRO

Fy ysgol

Chwarter awr yn ddiweddarach

Mae Carwyn yn sefyll wrth y gwresogydd ac yn DWYN yr HOLL wres.

"Gen i hawl achos mae gen i FATHODYN DISGYBL DISGLAIR," medda fo, sy DDIM yn wir.

Yna mae o'n ychwanegu,

"Mae gen i **SIWPYR SLEJ NEWYDD**

yn aros amdana i adra."

Mae gen ti SIWPYR SLEJ?

Mae Marc Clwmp wedi clywed ac mae'n llawn cyffro.

"Oes. Mae o'n **CHYNOD** _GYFLYM_ hefyd."

"Tyrd â fo i'r parc fory i'w ddangos i ni,"

dwi'n awgrymu.

Yna mae Caled yn dod draw a deud

HWYL ac y gwnaiff o'n gweld ni'n y

parc fory. Mae o'n mynd i dŷ Marc Clwmp.

"Dwi'n MYND YN SYTH adra."

Da iawn ti, Carwyn. ☺

"Dwi ddim isio cael fy NAL yn NHŶ

rhywun arall o achos yr eira. Byddai

hynny'n **HUNLLEF**," medda fo.

"I bwy tybed?" dwi'n meddwl.

Wnaeth Carwyn ddod i fy nhŷ i OESOEDD yn ôl. A dwi wedi bod yn ei dŷ o, ond dim ond ar ddamwain. DYMA BETH DDIGWYDDODD:

Ro'n i'n yr un dosbarth â Carwyn yn yr ysgol fach a wnaeth ei fam <u>O</u> ofyn i fy mam i os baswn i'n hoffi mynd i'w  dŷ o i chwarae ar ôl yr ysgol?

Dwedodd Mam, **Basa fo wrth ei fodd.** Doedd gen i ddim dewis a deud y gwir.

Aeth Mam â fi draw i weld Carwyn y diwrnod canlynol, a nath o AGOR y drws ffrynt a JYST ⊙⊙ SYLLU arna i fel tawn i'n ÊLIYN. Yna, GWAEDDODD

MÂM ... DIM Y TWM YMA! Ro'n i isio i'r Twm *arall* ddod i chwarae. Hwn ydi'r TWM ANGHYWIR!

Wyddwn i ddim fod yna fachgen arall o'r enw Twm yn ein hysgol ni, hyd yn oed. Doedd mam Carwyn ddim yn gwbod chwaith, yn amlwg. Yn y diwedd, ddwedodd Carwyn y baswn i'n "GNEUD Y TRO."

"Waeth i ti ddod i mewn ddim."

Nid dyna'r dechra gorau i'n pnawn chwarae HWYLIOG. Roedd yn ddrwg iawn gan ei fam o ei bod hi wedi cymysgu y "DDAU Dwm." Roedd hi'n HYNOD neis tuag ata i ac yn cadw atgoffa Carwyn fy mod i'n westai iddo fo.

hymff "Carwyn, gad i Twm ddewis yn gyntaf – mae o'n westai i ti."

"Diolch Mrs Campell. Ga i'r gacen YMA."

Roedd hyn yn gyrru Carwyn yn DWLAL. Wnes i fwynhau fy hun llawer mwy nag roeddwn i wedi'i ddisgwyl.

Mae Carwyn yn flin oherwydd bod yn rhaid iddo aros i Mrs Mwmbl ffonio ei rieni.

"Dwi isio mynd ADRA i chwarae ar fy SIWPYR SLEJ."

(Mae Dad yn cymryd OES PYS i ddod i'n nôl ni hefyd).

Mae'r rhan fwyaf o'r plant eraill wedi gadael yr ysgol erbyn hyn. Ni yw'r rhai ola yma.

O, a Stan y Gofalwr, sy'n edrych dan fwy o straen nag arfer.

Mae o'n cadw cerdded ar hyd y neuadd gan wgu a dal sbanars o bob maint.

Ond rŵan mae o'n dal ...

... dwster plu?

"Mae hi'n stori hir," medda fo wrth **Mr F**fowc.

DWSTER plu ✛ Boeler wedi torri **=** DAL HEB EI DRWSIO

Hwyl! Mae Yncl Bryn newydd gyrraedd, sydd dim ond yn ein gadael ni ar ôl. (PAM mai fi ydi'r un ola i gael ei gasglu o'r ysgol BOB AMSER?✶)

"Wyt ti'n siŵr bod dy dad yn dod i dy nôl di?" gofynna Derec.

"YDW, dwi'n siŵr." (Dydw i ⟨ddim⟩ yn berffaith siŵr).

Ymhen hir a hwyr, mae Dad yn cyrraedd yn gwisgo bŵts eira WÎYRD ac un o 'hetiau' gwlân Nain Clwyd.

"O'R DIWEDD!" medda fi gan wisgo fy nghôt denau (wlyb).

*Wele dudalen 222, Mae Twm Clwyd yn Hollol Wych (am Wneud Rhai Pethau).

99

"Well i ni hel ein traed. Mae hi'n bwrw EIRA yn drwm IAWN allan yn fan'na," medda Dad. Mae Mrs Mwmbl yn rhedeg draw i siarad gyda Mr Ffowc a Carwyn.

Carwyn, mae dy rieni newydd ffonio. Maen nhw'n sownd ar drên yn yr eira, a fyddan nhw ddim yma am sbel. Gan fod yr ysgol ar fin cau, basa'n well i ti fynd adra gyda Twm, os ydi hynny yn iawn hefo chi, Mr Clwyd?

Mae Dad yn deud "Iawn", a dwi'n syfrdan. "Ocê, Carwyn. Byddan nhw'n dy gasglu di cyn gynted â phosib," mae Mrs Mwmbl yn addo. Dwi ddim yn sicr pwy sy'n edrych fwyaf diflas, FI – neu Carwyn. Fedra i ddim credu ei fod o'n gorfod dod i fy nhŷ I?

hyh?

Mae Derec yn meddwl ei fod o'n ddoniol. "Ella byddwch chi'n sownd yn y tŷ oherwydd yr eira!" medda fo. "Dychmyga fod yn styc efo Carwyn am DDYDDIAU a DYDDIAU!" Fedra i'm dychmygu.

Mae pawb (ia, pawb) yn gorfod cerdded adra ac mae ein traed yn gneud sŵn CRENSHIAN yn yr eira.

Mae'r sŵn yn mynd â fy meddwl oddi ar Carwyn, sy'n DAL i siarad am ei (SIWPYR SLEJ).

Dwi'n casglu eira ar hyd y ffordd i neud pelen eira, ond mae o fel powdr ac yn mynd yn siwrwd yn fy llaw. hyh?

"Dyma sut ti'n gneud pelen eira, Twm," medda Carwyn. Mae o'n dechra GWASGU yr EIRA yn galed fel ei fod o'n sticio efo'i gilydd.

Dwi'n stopio edrych arno fo pan dwi'n SYLWI bod y LORRI o'r bore 'ma'n DAL i fod tu allan i dŷ ein cymdogion. Mae Dad yn deud, "Wnaethon nhw symud i mewn, ond aeth y lorri'n sownd." (O grêt, cymdogion NEWYDD a Carwyn).

Dwi'n gofyn i Dad pwy ydi'r cymdogion newydd. Mae Dad yn deud, "Wnei di eu cyfarfod nhw'n fuan, dwi'n siŵr."

Mae Carwyn yn gweld y belen eira yn fy llaw. "Well i ti BEIDIO taflu honna ata i, dwi'n WESTAI i ti."

Yna mae Dad yn deud, "Paid â'i thaflu hi ata i chwaith ... fi ydi dy dad di!" wrth iddo fynd i'r tŷ.

sblych

(Mae o'n demtasiwn ... ond dwi'n gwrando).

Mae Derec yn taflu ei belen eira at goeden fach, sy'n gneud i'r holl eira ddisgyn oddi ar y brigau.

"ERGYD DDA!" medda fi ac mae Derec yn deud, "Wela i di fory – a phob lwc heddiw!"

"Diolch, Derec," medda fi. (Mi fydda i ei angen o efo Carwyn).

Dwi'n penderfynu TAFLU fy mhelen eira at ochr y lorri. Mae yna "O" mawr braf ar yr ochr felly dwi'n ANELU ato.

Mae'r belen eira yn gneud sŵn DWFF da.

LORRI FUD CYF.

A dyna pryd dwi'n sylweddoli ...

BOD RHYWUN TU MEWN! O na, amser diflannu!

Dwi'n rhedeg am y drws ffrynt pan mae

CARWYN yn penderfynu *LLUCHIO*

pelen eira ata I!

pelen eira yn HEDFAN dros ...

Dwi'n dycio ac mae'r belen eira yn HEDFAN dros ...

...fy mhen ac i mewn i'r BOCS mae'r dyn yn ei gario.

"PWY DAFLODD HONNA?"

DALIWCH Y FFORDD HYN

(Carwyn wnaeth - ond sdim golwg ohono).
Dwi ddim isio cael bai ar gam, felly dwi'n rhedeg yn *gyflym* i'r tŷ a chau'r drws.

Y tu mewn, mae Carwyn yn deud wrtha i,

"Dy fai DI oedd hynna i gyd."

"Sut felly, Carwyn?" dwi'n holi mewn penbleth.

"Ddylet ti ddim fod wedi dycio,"

medda fo wrtha i.

(Dwi wir yn gobeithio
na fydd ei fam a'i dad
ddim yn hir cyn dod i'w
nôl o ... sblych).

POEN HYNOD

Dim ond am 'chydig oriau y mae **Carwyn** acw cyn i'w dad ddod i'w gasglu.

Sy'n RHYDDHAD. Yn ystod yr amser yna mae o'n DAL i lwyddo:

• Fy nghael i drwbwl gyda'r cymdogion newydd.

DALIWCH Y FFORDD HYN

PWY DÂFLODD HONNA?

• BWYTA FY waffer caramel OLA.

• Gneud **llanast** o fy nghopïau o **ROC NAWR.** WPS!

• Torri LLINYN fy ngitâr.

• DARLLEN y llythyr ro'n i'n bwriadu ei anfon i'r **3 DIWD** (y band gorau yn y BYD).

• Tynnu llun **gwirion** ohona i ar FY wal ddwdlo.

105

Y peth gwaetha ydi bod ei lun o'n gneud i Delia chwerthin. Mae hi'n meddwl ei fod o'n "DDONIOL IAWN", sy'n ei annog i gario mlaen i ddŵdlo.

Ha! Ha! Ha!

Twm

Ha Ha!

"Mae hwnna'n edrych yn union fel Twm. Ti'n dda iawn am dynnu lluniau, Carwyn," medda hi wrtho.

(Dydi o'n ddim byd tebyg i mi).

Dwi'n YSU am weld Carwyn yn gadael. Pan mae ei rieni o'n cyrraedd o'r diwedd, mae o'n cwyno eu bod nhw'n hwyr. Dwi ddim yn YMLACIO tan i mi ei weld o'n cerdded drwy'r drws.

OCHENAID

Ond dydi hynny ddim yn para'n hir iawn achos mae cloch y drws ffrynt yn canu eto.

Ding dong

Yncl Cefin, Anti Alis a'r cefndryd sy yna'r tro hwn. Ro'n i wedi anghofio eu bod nhw'n dod. Roedd Dad wedi anghofio hefyd. Dydi o ddim wedi deud wrth Mam chwaith. Mae hi'n cael TIPYN o syrpréis ☉☉ pan mae hi'n eu gweld nhw i gyd yn sefyll yn y cyntedd. Ond HYD YN OED MWY o syrpréis wrth weld cesys.

Dach chi'n symud i mewn? mae Mam yn TYNNU COES wrth iddyn nhw dynnu eu cotiau. Mae Anti Alis yn deud, "Ti MOR garedig, Rita. Wn i ddim be fasan ni wedi'i neud fel arall." (Dydy Mam ddim yn deall.)

"Mae'r cyfan yn ERCHYLL," aiff Yncl Cefin yn ei flaen. "Mymryn o eira ac mewn chwinciad does gynnon ni DDIM - gwres na DŴR POETH. Mae'r pibelli dŵr wedi RHEWI ac mae pob GWESTY yn llawn dop."

Mae Anti Alis yn rhoi ei llaw ar ei thalcen fel petai hyn y peth GWAETHA erioed. Sylweddola Mam eu bod NHW'N AROS.

O ... dwi'n gweld.

Mae Yncl Cefin yn atgoffa Dad, "Ro'n ni eisoes wedi trefnu efo Ffranc ein bod ni am ddod draw heddiw, felly roedd o'n teimlo fel y peth calla i'w neud, gan fod y tywydd cynddrwg."

Mae Mam yn deud, "Wnaeth Ffranc ddim sôn."

Mae Dad yn smalio edrych yn ddryslyd.

"Gallwn ni wastad gysgu yn y sied?" awgryma Yncl Cefin, er dwi ddim yn siŵr os ydi o o ddifri.

Dydi Anti Alis ddim yn edrych yn rhy awyddus ond fyddai dim ots gen i. Dwi'n deud,

Gysga i'n y sied!

Does neb yn gwrando.

Mae Mam yn deud wrth Yncl Cefin am beidio â bod yn ddwl. "Cewch chi'r gwely soffa. Mae o'n gyffyrddus iawn."

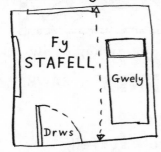 Mae Yncl Cefin yn digio Mam drwy ddeud, "Byddwn ni'n iawn yn ei ryffio hi'n fan 'ma am sbel."

"Chwarae teg i chi," medda Dad drwy'i DDANNEDD.

Mae Mam yn deud wrth y cefndryd y cawn nhw gysgu yn fy stafell i. BLE? SUT?

Dyma faint fy stafell i.

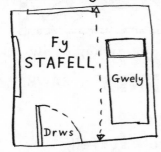

Fy STAFELL
Gwely
Drws

A dyma faint y cefndryd.

snacs
gobennydd
Gwely

Ambell beth ARALL hefyd ac mae'r stafell yn

LLAWN.

"Gysga i'n y sied," medda fi eto.

"Does 'na neb yn cysgu yn FY sied i," medda Dad, yn amddiffynnol iawn. Mae Mam yn deud wrth Dad am ffonio'r **FFOSILIAD** i neud yn siŵr eu bod hwythau'n ocê hefyd. Maen nhw'n IAWN a ddim yn deall beth yw'r holl ffws. Mae Nain Clwyd yn deud, "Dim ond EIRA ydi o.

Dwi wedi bod yn brysur iawn yn gwau, a dwi wedi postio DILLAD CYNNES i BAWB." Sy'n swnio'n ddifyr.

Pan ddaw Delia o'i stafell, caiff fymryn o syrpréis.

"Mae'r tŷ dan ei sang heno!" medda Mam wrthi.

Yr unig beth mae Delia'n ei ddeud ydi

Cadwch draw o fy stafell i.

 (Sy'n swnio fel sialens i mi!)

Pan mae pawb wedi setlo, aiff "yr henoed" i'r gegin i "**DRAFOD**" *pen-blwydd priodas* **AUR** y **FFOSILIAID**.

Dwi a'm cefndryd yn mynd i wylio'r **TELEDU**. Dwi'n fflicio drwy'r sianeli ac mae llwyth o newyddion am

Y Tywydd. Gallai'r STORMYDD EIRA bara am WYTHNOS.

 **WYTHNOS!** Os bydd rhaid i'r cefndryd aros yn ein tŷ ni am WYTHNOS GYFAN, fydd 'na ddim bwyd ar ôl.

Iym Iym   GWAG

Galla i glywed y gwynt tu allan ac mae o'n gryf iawn ac yn gneud i'r eira droelli. Yna, yn sydyn, aiff y llun ar y teledu yn

 NIWLOG cyn diflannu'n llwyr.

"Mae'r TELEDU wedi DIFFODD!" gwaedda'r ddau mewn

Y tywydd drwg sy'n amharu ar y signal, bloeddia Dad o'r gegin.

Mae Yncl Cefin yn anwybyddu Dad ac yn dod draw at y TELEDU. Mae o'n dechra chwarae gyda'r holl fotymau, gan wasgu bob un. Yna mae o'n troi'r teledu YMLAEN a'i DDIFFODD eto.

Dydi hynny ddim yn gweithio chwaith.

"Y tywydd drwg sy'n amharu ar y signal." Mae Yncl Cefin yn ailadrodd yn union be ddwedodd Dad.

DIM BYD

Gan nad ydi'r TELEDU yn gweithio, dwi'n gofyn i'r cefndryd a fydden nhw'n hoffi chwarae a gwrando ar gerddoriaeth y 3 DIWD

Gawn ni ei chwarae o'n HYNOD uchel?

maen nhw'n holi.

"Pam lai, os dach chi isio,"  medda fi.

"IEI, AWÊ!"

Dwi'n meddwl ei fod o'n syniad da achos mae

cerddoriaeth UCHEL

yn mynd ar nerfa Delia.

Ha! Ha!

CYMDOGION

HYNOD SWNLLYD

CNOC
CNOC
CNOC

(Mae'n debyg bod ein **cerddoriaeth uchel**

yn mynd ar nerfa mwy na jyst Delia).

CNOC

CNOC

CNOC

Mae o'n dod drwy wal drws nesa. Rydan ni'n cnocio yn ôl am 'chydig cyn iddo stopio. Yna mae cloch ein drws ffrynt yn canu.

- Dring
- dring

Dwi'n gallu clywed Mam yn deud, "O ... ? Mae'n ddrwg gen i. Fedrwn ni ddim clywed fawr o sŵn o'r gegin. Ga i air efo nhw."

Mae un o'r cymdogion newydd wedi cwyno wrth Mam am y gerddoriaeth uchel.

Mae Mam yn dod i fyny'r grisiau

ac yn deud **SssShhhhh!**

Do'n ni ddim mor SWNLLYD â hynna!

"Dydan ni ddim isio croesi'r cymdogion newydd yn syth, nac'dan?"

(Dwi eisoes wedi gneud hynny.)

Rydan ni'n tawelu fymryn ond 'dan ni'n dal i lwyddo i fynd â blewyn o drwyn Delia gyda fersiwn newydd o "WÎRDO 'DI DELIA".

WÎRDO 'di Delia.

Bang
Bang

(Ei hoff gân ... *go brin*)

Mae Dad yn brysur yn y gegin, yn meddwl beth allwn ni ei gael i swper. Mae o'n deud,

Sbarion, dwi'n meddwl.

Mae rhai **Sbarion** yn well na'i gilydd.

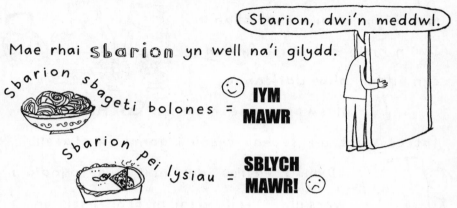

Sbarion sbageti bolones = ☺ **IYM MAWR**

Sbarion Pei lysiau = **SBLYCH MAWR!** ☹

Mae Mam yn cuddio llysiau dwi ddim yn eu hoffi mewn peis. Clyfar.
Ond dwi wastad yn sylwi.

panas

Mae Dad yn deud, "Sbarion sbageti amdani 'ta."
Drysodd Dad ynglŷn â faint i'w goginio ac mae LLWYTHI ohono ym mhobman.

Mae'r cefndryd yn deud wrtha i eu bod nhw wedi dod â snacs, a dyna un o'r rhesymau pam dwi ddim yn meindio eu bod nhw'n aros yn fy stafell i.

Ond dydi hynny ddim yn eu rhwystro rhag **sglaffio** yr HOLL DRÎTS GWESTEION ARBENNIG mae Mam wedi'u rhoi allan. Dwi'n cipio rhai i mi fy hun cyn iddyn nhw ddiflannu.

Ar ôl swper, mae mam yn GWASGU y fatres wynt a'r sachau cysgu i gongl fy stafell i.

(Dyma'r fatres 'dan ni'n ei defnyddio i wersylla – felly dydi hi bron byth yn cael ei defnyddio.)

Mae Mam yn deud byddwn ni'n "neis a chlyd". Ffordd arall o ddeud y bydd hi'n "GYFYNG" arnon ni. Wnaeth Dad ddim llwyddo i ddod o hyd i'r pwmp troed a throdd ei wyneb yn GOCH wrth iddo drio **CHWYTHU.** Roedd Yncl Cefin yn rhoi ei law ar ei ben bob munud gan ddeud, "Dal ati, Ffranc – bron yna."

(Llwyddod Dad i edrych yn flin ac allan o bwff ar yr un pryd.)

Mae **M**am yn mynd i lawr y grisiau i neud y gwely soffa'n barod i Anti Alis ac Yncl Cefin, a dyma

nhw'n ymddangos yn sydyn yn gwisgo pyjamas, sliperi a chotiau nos, sy'n matsio. Mae **D**elia yn cerdded i mewn ac yn deud,

O na,

cyn mynd i'r gegin.

"Dydan ni ddim isio creu unrhyw drafferth i ti, Rita," medda **A**nti Alis wrth **M**am.

"Dim trafferth o gwbwl," ateba Mam cyn deud,

"WAW, dach chi'ch dau yn edrych mor ... DEBYG!"

"'Dan ni'r un lliw â wyneb FFRANC ar ôl iddo fod wrthi'n chwythu'r aer i'r fatres." **M**ae Anti Alis ac

Yncl Cefin yn CHWERTHIN am

Ha! Ha! Ha! ben eu jôc eu hunain.

(Gall Dad eu clywed o'r gegin, a dydi o ddim yn chwerthin.)

117

Yna mae Yncl Cefin yn deud, "Dylen ni i gyd wisgo dillad sy'n matsio ar gyfer LLUN Y TEULU. Wnaiff o edrych **CYMAINT** gwell."

"Pa lun?" gofynna Delia.

"Yr un ar gyfer pen-blwydd priodas dy daid a nain," medda Mam.

"Oes rhaid i ni wisgo pyjamas?" dwi isio gwbod.

"Does yna ddim GOBAITH CANERI 'mod i'n tynnu LLUN O'R TEULU," medda Delia wrth bawb.

Mae Anti Alys yn deud, "Bydd o'n HWYL!"

"Dwi DDIM yn meddwl bydd o'n HWYL!" mae Delia'n mwmial.

"Beth am barti syrpréis?" awgryma Mam. Mae pawb yn hoffi'r syniad yna. ☺

"Bydd yn rhaid i ni gadw'r peth yn gyfrinach neu wnaiff o ddim gweithio. All neb ddeud gair – YN ENWEDIG chdi, Twm."

118

Pam fi? Dwi'n DDA IAWN am gadw cyfrinachau, medda fi.

"Wyt ti, Twm?" gofynna Mam.

Dwi'n ei HATGOFFA hi am rai o'r

cyfrinachau dwi WEDI eu cadw, FEL:

* PEIDIO â deud wrth Mr Ffowc nad sâl oedd

Mam a Dad ar Noson Rieni'r ysgol, ond

wedi anghofio amdani oeddan nhw.

Annwyl Mr Ffowc,
Mae'n ddrwg gennym
na ddaethom ni i'r
Noson Rieni. Roedd
y ddau ohonom ni'n
teimlo'n sâl ofnadwy.

Yn gywir,
Mr a Mrs Clwyd.

* Nid y FÂS wnaeth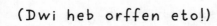

Yncl Cefin ac Anti Alis ei rhoi i Mam a

Dad ydi honna, achos wnaethon nhw ei thorri.

(Dwi heb orffen eto!)

* Dydi Mam ddim wir yn hoffi'r persawr mae

Dad yn ei brynu iddi. Mae'n ei gadw mewn drôr.

DYNA NI!
Dwedais i 'mod i'n gallu cadw cyfrinach!

Dwi wedi gneud fy mhwynt.

Mae Dad isio gwbod mwy am y persawr rŵan.

"Dydi hynny ddim yn bwysig! Be mae Bob a Nain Clwyd ei angen GO IAWN?" gofynna Mam. (I osgoi siarad am y persawr).

Dwi'n cynnig eu bod nhw angen dannedd newydd, yn enwedig Taid.

Sy'n wir ond dydi hynny'n fawr o anrheg.

Yna mae DELIA yn YMUNO yn y sgwrs. Wyddai neb ei bod hi'n gwrando.

Maen nhw angen sgwtyr newydd.

Syniad grêt! Mae eu sgwtyr nhw'n HEN IAWN ('Chydig bach fel y FFOSILIAD).

"Gallai fod yn anrheg gan bawb yng NGHARTREF HENOED MACHLUD MAWR a ninnau i gyd," medda Mam.

Dyna ni, felly. Mae'r FFOSILIAD yn cael *PARTI* a sgwtyr ... o, a'r LLUN O'R TEULU.

Tydyn nhw'n lwcus.

Sblych.

GEMAU ECSTRA

Gan nad ydi'r (TELEDU) yn gweithio o hyd,
dwi'n treulio amser yn gwylio'r EIRA
yn disgyn. Yna dwi'n gofyn i'r cefndryd a hoffen
nhw chwarae cardiau?

(Mae Taid wedi bod yn fy nysgu).

Yr unig gêm 'dan ni i gyd yn ei gwbod ydi
SNAP. Ond mae'n SWNLLYD ac mae'r
cefndryd yn dadlau bob munud.

SNAP!

Na, fi!

Fi!

Felly, mae Yncl Cefin yn
cynnig ein bod ni'n cael gêm o
siarâds. Dyma fyddwn ni'n ei chwarae adeg y Nadolig
fel arfer. Mae Deila'n deud "No wê" yn syth. Ond
mae pawb arall yn eitha brwdfrydig. Yn enwedig
Dad. Fo sy'n mynd yn gynta ac mae o'n meimio,
"Ffilm ydi o, un gair."   "Yr HOLL beth."
Dydi o'n cymryd fawr ddim i ddyfalu mai'r
ffilm ydi **SUPERMAN**.

Lliain sychu
llestri.

Tro Mam sy nesa.

Fy nhro i.

(Roeddwn i'n dda iawn).

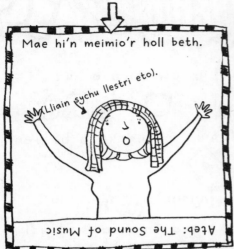

Mae hi'n meimio'r holl beth.

(Lliain sychu llestri eto).

Ateb: The Sound of Music

Dychmygwch fod y clustog yn llew bach ...

Ateb: The Lion King

Dydi Anti Alis ddim isio tro.

Dwn i ddim.

Mae'r cefndryd yn gneud meim syml.

Answer: Twins

Does NEB yn deall be mae Yncl Cefin yn ei neud.

Jungle Book

Snakes on a Plane

Na ... does neb yn dyfalu yn gywir.

Yn y diwedd, mae'n rhaid iddo roi'r ateb i ni ...

Pwy sy heb weld
The Elephant Man?

Ymmm, fi?

Mae Mam yn awgrymu ei bod ni'n mynd i'n gwelyau – drwy feimio. *rhoch* Dwi wedi blino braidd erbyn hyn, felly dwi'n cytuno. Ond, mae hi'n cymryd **OES PYS** i mi fynd i gysgu – yn benna **oherwydd**:

1. Mae'r cefndryd yn cadw rhannu pethau neis i'w bwyta.

2. Mae'r gwely gwynt yn gneud sŵn gwichian **UCHEL** bob tro maen nhw'n symud.

3. Mae Anti Alis yn chwyrnu mor **UCHEL** dwi'n ei chlywed o'r llofft.

4. Mae chwyrnu Yncl Cefin hyd yn oed yn **UWCH**. Mae o'n swnio fel deinosor.

chchchchchchchchchch

5. Roedd rhaid i mi godi a mynd i lawr y grisiau i neud yn siŵr NAD **DEINOSOR** GO IAWN oedd yna.

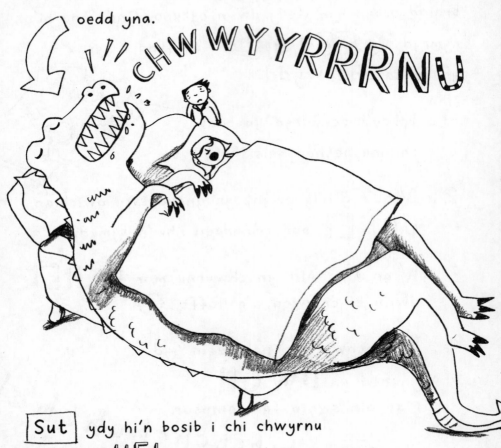

Sut ydy hi'n bosib i chi chwyrnu mor UCHEL â hynna, a dal i gysgu?
Ro'n i'n meddwl bod Mam a Dad yn ddrwg.

(Maen nhw'n eitha drwg).

RHYBYDD CYMDOGION NEWYDD!

Bore wedyn, dwi'n neidio o fy ngwely gan anghofio bod y CEFNDRYD yno. Dwi'n llwyddo, o drwch blewyn, i beidio â SEFYLL arnyn nhw.

Dydyn nhw heb ddeffro'n iawn nac yn barod i symud eto. Felly dwi'n cydio mewn dillad ac yn mynd i'r stafell molchi CYN i neb arall fynd yno.

Yna dwi'n edrych ◔◔ allan drwy'r ffenest.

Mae yna EIRA ym mhobman. Mae popeth yn sgleinio ac yn wyn. Ond y SIOC fwya ydi bod ... rhywun yn yr ardd drws nesa'n barod.

O! NA!

DYNA'R FERCH YNA!

Honna dynnodd yr holl stumiau gwirion yna ata i.

Stumiau gwirion

Mae hi'n gneud DYN EIRA.

Hi YDI fy
nghymydog
newydd 'ta.
SBLYCH.

Dwi ddim isio iddi fy ngweld, felly dwi'n cuddio
tu ôl i'r llenni. Mae'n rhaid i mi fynd i rannu'r
newyddion am y cymydog newydd efo Derec RWAN!
Dwi'n brwsio fy nannedd (da iawn fi) pan
mae pelen eira yn *hedfan* dros ein
ffens ni i fewn i ardd Derec.

WHHHOOOSSHHHHHHH.

Dyna un arall. Mae'r ferch yna'n TAFLU peli eira yn syth i mewn i ardd Derec!

Rhaid i mi rybuddio Derec! Dwi'n newid yn gyflym ac yn rhedeg i lawr y grisiau.

Mae Yncl Cefin ac Anti Alis wedi DEFFRO ac yn y gegin yn barod. Mae Yncl Cefin yn cwyno bod ei gefn yn brifo. "Roedd y gwely soffa yna MOR anghyffyrddus, ro'n i ar ddihun DRWY'R nos," medda fo. (Nid fo oedd yr UNIG un.) Dwi'n siŵr bod Yncl Cefin wedi cael dipyn mwy o gwsg na phawb arall.

Dwi ddim yn deud hynny chwaith. Dwi'n deud, "Bore da! Dwi'n mynd allan i'r eira – mae pawb arall yn dal i gysgu." Yna dwi'n brysio i ffeindio fy mŵts eira a chôt GYNNES. (Y tro hwn.)

Does gen i ddim menyg go iawn, dim ond menyg plant bach – y rhai wnaeth Nain Clwyd wau i mi llynedd – ac maen nhw'n bethau digon trist.

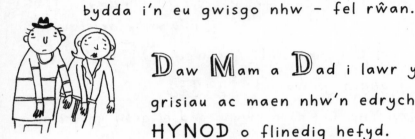

Menyg plant bach.

`DIM OND` mewn argyfwng bydda i'n eu gwisgo nhw – fel rŵan.

Daw Mam a Dad i lawr y grisiau ac maen nhw'n edrych yn HYNOD o flinedig hefyd.

Mae Dad yn sibrwd, "Glywaist ti'r ddau 'na'n chwyrnu neithiwr?"

Dwi'n nodio.

"Ro'n ni'n meddwl 'mod i'n ⌐ddrwg⌐," medda fo.

"Mi wyt ti," medda Mam wrtho.

Dwi'n gallu clywed Derec yn ei ardd gyda Rŵstyr, sy'n cyfarth DIPYN. Ella mai dyma'r tro cynta i Rŵstyr weld eira?

Wff wff

Wff wff

Mae'r eira'n reit drwchus tu allan a dwi'n suddo
wrth geisio peidio syrthio i'r llawr. Dwi'n gweiddi
er mwyn tynnu ei sylw.

Derec! Derec!

Mae Derec yn codi'i ben, felly dwi'n sibrwd,
"HI ydi hi! HI ydi'r hogan yna – hi ydi'r
cymydog newydd!"

Yna, yn sydyn mae Derec yn gorfod dycio oherwydd

mae pelen eira arall yn HEDFAN dros y ffens.

"'Dan ni'n gwbod dy fod ti YNA – paid
â thaflu mwy o beli eira!" galwaf draw.
"Neu wnawn ni eu taflu nhw YN ÔL atat ti,"
ychwanega Derec.

Dydi hi'n deud dim, ond 'dan
ni'n gweld ei het tu ôl i'r ffens.

"Sbia," medda fi wrth Derec, sy'n gorfod tynnu **Rŵster** allan o'r eira bob munud.

sownd Dwi'n gneud coblyn o belen eira dda a'i hanelu at y ffens.

Ond mae gwisgo'r menyg plant bach 'ma yn ei gneud hi'n **LLAWER** anoddach taflu'r belen eira i'r cyfeiriad IAWN.

Dwi'n trio fy *NGORAU* ond mae'r belen eira yn hedfan DROS y ffens ac yn **BWRW** canol FFENEST EU CEGIN **DIOLCH BYTH** nad ydi hi'n torri.

OH! OH!

Ond mae yna **SBLOJ** mawr o **EIRA** arni.

Mae Derec yn cuddio tu ôl i'r ffens, a dwi'n ceisio GWASGU fy hun yn erbyn eu ffens nhw fel na welan nhw fi.

Dwi'n gallu clywed yr hogan yna'n deud wrth ei thad be ddigwyddodd. Mae hi'n deud,

"Yr hogyn drws nesa wnaeth."

(Fi ydi hwnnw.) ⇨

"Mae o'n dal yna." (Dwi ddim isio bod!)

Dwi'n ceisio sleifio yn ôl i'r tŷ heb neud i'r eira **grenshian.**

crensian
crensian

Sy ddim yn HAWDD.

GAN BWYLL BACH rŵan ...

dwi BRON ... yna

pan dwi'n teimlo rhywun yn

cnocio top fy mhen.

"Ti daflodd y belen eira yna?"

Dwi'n codi 'mhen ac mae'r ddau'n SYLLU i lawr arna i.

"Sorri, damwain oedd hi." medda fi.

Sy'n *hanner* gwir.

Dwi'n rhuthro yn ôl i'r tŷ yn gyflym. (Cywilydd.)

Mae Derec yn dod draw yn syth ac mae o isio gwbod "be ddigwyddodd?"

"Ges i fy nal," medda fi wrtho.

Mae Rŵstyr bron â thorri ei fol isio mynd yn ôl allan i'r eira.

Mae Mam yn deud, "S'mai Derec? Gad i Rŵstyr fynd allan i'r ardd os ydi o isio." Yna mae hi'n holi a ydi Derec wedi cyfarfod ein cymdogion newydd eto? "Do," medda fo.

"Maen nhw'n edrych yn neis, tydyn?" ychwanega Mam.

"Wel, dydw i DDIM mor siŵr," dwi'n mwmial.

Yna mae Mam yn dangos cerdyn CARTREF NEWYDD i ni.

"Dy dro di i arwyddo rŵan.

A basa fo'n syniad da i ti ddeud sorri am y sŵn mawr hefyd."

Cartref Newydd

"Oes RHAID?" dwi'n gofyn. (Mae hwn yn gwestiwn gwirion o weld yr olwg ar wyneb Mam.) Dwi'n tynnu llun anghenfil ac yn arwyddo'r cerdyn.

Sorri am y
miwsig uchel.
Oddi wrth
Twm.

Llongyfarchiadau ar
eich cartref newydd.

Cariad gan y teulu
Clwyd (drws nesa).
Rita, Ffranc, Twm
a Delia. X

Mae'r cefndryd wedi deffro ac maen nhw'n fy ngwylio i'n arwyddo'r cerdyn. "Gawn ni ei arwyddo hefyd?" gofynna'r ddau wrth Mam, ac mae hi'n cytuno. Mae'r cefndryd yn arwyddo'r cerdyn ac yn YCHWANEGU darn bach. Mae Mam yn rhoi'r cerdyn mewn amlen heb ei ddarllen. CAMGYMERIAD.

Dwi DDIM yn
Sorri am y
miwsig uchel.
Dwi am ei neud o eto.
Oddi wrth
Twm.
Ha! Ha!

Llongyfarchiadau ar
eich cartref newydd.

Cariad gan y teulu
Clwyd (drws nesa).
Rita, Ffranc, Twm
a Delia. X

(A gan y cefndryd Clwyd).

GWAU

HYNOD O SBESIAL

MAE O'N SWYDDOGOL - does yna yn BENDANT DDIM YSGOL HEDDIW, na fory os na allan nhw drwsio'r system wresogi. (Croesi bysedd.) Dwi'n DYRNU'R AWYR mewn dathliad bach, cyn sylweddoli bod y cefndryd wedi **sglaffio** yr holl frecwast mae Mam wedi'i baratoi.

POB BRIWSIONYN.

Gwag

Gwag

Gwag Gwag

Gwag

Gwag

Bron yn wag

Mae Yncl Cefin ar y ffôn yn ceisio dod o hyd i rywun i drwsio eu pibelli dŵr a'u gwres.

Dydi o DDIM yn hapus ac mae o'n  GWEIDDI,

 Be dach chi'n feddwl, allwch chi mo'i drwsio am WYTHNOS!

Dydi Mam a Dad ddim yn hapus am hynna chwaith. Rydan ni'n dal i lwyddo i gael post heddiw, sy'n syndod, gan ei bod hi wedi bwrw cymaint o eira. Mae'r postmon yn deud, "Yn ffodus iawn, doedd dy barsel di ddim yn drwm."

Dwi'n ei agor ac yn SBECIAN tu mewn. Gan y FFOSILIAD mae o. Mae hi'n edrych fel bod Nain Clwyd wedi bod yn gwau LLAWER. Mae hi wedi gwau rhywbeth I BAWB. Dwi'n dosbarthu: hetiau gwlân i Dad ac Yncl Cefin. Sgarffiau hynod FFLWFFLYD i Anti Alis, Mam a Delia (sy'n gwrthod gwisgo ei un hi). Cefais i yr un fath â'r cefndryd ...

SIWMPERI CACEN gyda

hetiau ceirios.

clic

Mae Nain wedi mynd i lawer o drafferth, ond dwi ddim yn meddwl y bydda i'n gwisgo'r siwmper na'r het tu allan nac yn UNLLE – os nad ydw i isio i bobl RYTHU arna i. Fel mae Delia yn ei neud Ha! rŵan. (Mae hi'n dechra tynnu lluniau gyda ffôn Mam).

"Dyna ddigon. Delia," medda fi wrthi.

"Dwi'n teimlo'n wirion."

   "Ti'n edrych yn wirion," medda hi.
Mae'r cefndryd yn deud bod y siwmperi yn gneud iddyn nhw deimlo'n llwglyd unwaith eto. (Go iawn!)

EIRA hynod SBESIAL

Mae Derec yn galw heibio er mwyn i ni fynd i slejo. Mae'r cefndryd isio dod gyda ni. "Ond does gynnon ni ddim slej, cofiwch," meddan nhw (sy'n broblem). Yna dwi'n cofio nad oes gen i un CHWAITH. "Beth wnawn ni'i ddefnyddio?" dwi'n holi Derec, sy'n deud y ca i rannu ei slej o. (Chwarae teg).

Mae gan Mam awgrym.

"Defnyddiwch yr hambyrddau a'r bagiau plastig trwchus yma. Fel roeddwn i'n gneud pan oeddwn i'n fach."

O ddifri?

"Mynd i slejio ydan ni Mam, ddim i siopa."

"Maen nhw'n gweithio cystal bob tamed – ond byddwch yn ofalus a 'drycha ar ôl dy gefndryd."
"Iawn, Mam," atebaf (er, fydd hynna ddim yn hawdd). Edrycha'r cefndryd yn amheus.

Mae Dad wedi penderfynu ei fod o'n dod hefo ni achos mae Yncl Cefin yn ei yrru o'n WIRION. Sy'n newyddion da (gaiff o gadw golwg ar y cefndryd).

"Mae dy Yncl Cefin wedi bod yn cwyno am bob dim," medda fo wrtha i.

(Sy'n WIR, dwi wedi'i glywed o).

"Does yr un o dy feiros di'n gweithio."

— coffi

"Be ydi'r coffi yma?"

"Mae'r stafell yma angen 'chydig o baent." — Dyna fo! Dwi'n mynd.

Mae Dad yn falch o weld ein bod ni i gyd wedi

côt gynnes

lapio'n gynnes ar gyfer yr eira. (Mae'r cefndryd yn dal i wisgo'u hetiau ceirios). Dwi'n cael fy ngorfodi i wisgo'r menyg yna eto. Bydd rhaid i mi gadw fy nwylo yn fy mhocedi.

Pam rydan ni'n cyrraedd y parc, y person cynta dwi'n ei weld ydi EFA PARRI, sy yno efo merched eraill o fy nosbarth i.

Maen nhw'n codi
llaw arnon ni felly dwi'n codi fy llaw yn ôl.
"Menyg neis, Twm," medda **EFA**.
Sy'n codi cywilydd arna i.
Mae Ffion yn deud eu bod nhw
wedi bod yn slejo yn barod.
"Rydan ni'n gneud y dyn eira
$\mathsf{ANFERTH}$ yma rŵan,"
ychwanega. Mae o'n dipyn o beth, chwarae teg.

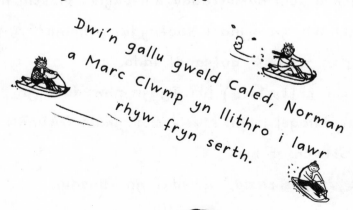

Dwi'n gallu gweld Caled, Norman
a Marc Clwmp yn llithro i lawr
rhyw fryn serth.

Mae CARWYN CAMPELL yna hefyd, yn edmygu ei **SIWPYR SLEJ** a'i ddangos i unrhyw un wnaiff edrych arno.

FI pia fo.

Mae o'n edrych yn reit SWANC i'w gymharu â'r hyn sy gynnon ni.

"Am slej da, Carwyn," medda Derec.

"Dwi'n GWBOD, y GORA," cytuna Carwyn, gan edrych ar ein hambyrddau a'n bagiau plastig ni. "Ydych chi wir yn mynd i ddefnyddio rheina?"

"Ydan – pam?" gofynnaf iddo.

"Gallech chi DDISGYN? Dydyn nhw ddim yn edrych yn ddiogel iawn. Mae'r slej yma'n GADARN a chyflym. Sbiwch ar hyn."

"Os oes rhaid," dwedaf yn flinedig.

Mae Carwyn yn paratoi i fynd i lawr y bryn.
Doedd gan Norman ddim amynedd disgwyl am
Carwyn, sy'n ffysian gyda'i slej. Mae o'n mynd i
lawr y bryn yn gyntaf.

WHIIIIIIIIIIIIIIIII

Yna mae Carwyn yn cychwyn ...
        ond dydi o ddim yn symud.
Mae o'n shyfflo ymlaen gyda'i draed,
ond dydi o ddim yn llithro o gwbwl.
"Am eira twp! Mae o'n RHY
DRWCHUS. All rhywun fy ngwthio i?" gofynna.
Dwi a Derec yn ei wthio. Mae Carwyn yn dechra
        symud yn ofnadwy ... ofnadwy ...
        ofnadwy ... o ara... Mae o'n
        gorfod shyfflo i waelod
        y bryn gyda'i draed.
"Mae o fwy fel SIWPER MALWEN
na SIWPER SLEJ,"
dwi'n deud wrth Derec.

Yna ein tro ni ydi hi. Er syndod, mae ein hambwrdd ni'n gweithio'n DDA IAWN.

Mae Rŵstyr WRTH EI FODD yn llithro ar yr hambwrdd gyda Derec. Mae ei glustiau yn fflapian yn y gwynt.

WHHIIIIIIIIIII!

Clustiau'n fflapio

Mae Carwyn yn mynnu fod ei slej wedi **torri** ac mai dyna pam ei fod o'n gwrthod llithro. "Ti angen hambwrdd, fel un ni," medda fi wrtho. (Mae Carwyn yn gwgu).

"Dwi wedi cael digon ar slejo heddiw. Mae yna ormod o blant yn y ffordd," cwyna Carwyn. Yna mae o'n gadael mewn TEMPAR i neud dyn eira.

Dwi'n gallu gweld Dad yn sgwrsio efo rhai o'r rhieni eraill ac yn CHWERTHIN. Felly o leia mae o'n hapusach rŵan ☺ (sy'n newyddion da).

142

Mae'r cefndryd wedi rhoi'r gorau i slejo rŵan achos mae eu traed wedi torri drwy'r bagiau plastig. "Be am neud dyn eira," medda'r ddau. (Syniad da)

Dwi'n penderfynu gneud ANGHENFIL EIRA, sy'n denu tipyn o sylw.

Daw rhai plant draw i wylio.

"Anghenfil da," medda un ohonyn nhw.

"A menyg," medda un arall.

"Diolch," dwedaf.

(Ro'n i wedi anghofio am y rheiny).

Yna mae **eFA** a Ffion Morris yn ymddangos, felly dwi'n deud, "Mae'r menyg yma'n WYCH am neud yr eira'n llyfn."

(Fel petawn i wedi'u gwisgo nhw'n bwrpasol).

Dwi ar fin cwblhau pen fy anghenfil PAN ...

CRASH

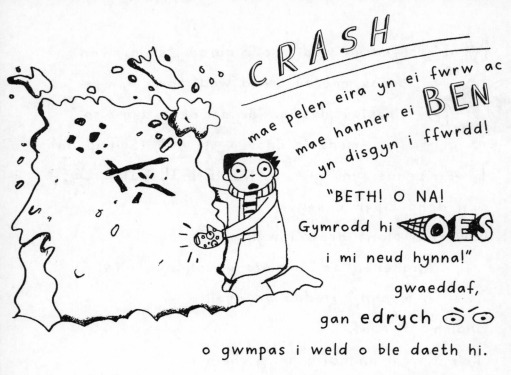

mae pelen eira yn ei fwrw ac mae hanner ei **BEN** yn disgyn i ffwrdd!

"BETH! O NA! Gymrodd hi **OES** i mi neud hynna!" gwaeddaf, gan edrych o gwmpas i weld o ble daeth hi.

Dwi'n gallu gweld rhywun yn sbecian o'r tu ôl i goeden. Dwi'n cydio mewn llond dwrn o eira ac yn gneud pelen. Yna dwi'n ANELU ac yn ei thaflu mor bell ac y galla i at

y GOEDEN ...

... Oedd â'i brigau'n LLAWN o eira. Wel, roedd hi'n llawn o eira – nes i'r cwbwl ddisgyn am ben CARWYN. (Ro'n i wedi dyfalu mai fo oedd yno).

LLUN AGOS

HA HA!

Mae o'n edrych yn eitha tebyg i ddyn eira ei hun rŵan.

"Da, Twm!" medda Derec yn ddistaw, tra bod y cefndryd yn swnian eu bod nhw'n LLWGU.

Mae Rŵstyr yn oeri hefyd. Felly rydan ni'n penderfynu dod o hyd i Dad rhag ofn i Carwyn geisio taflu mwy o beli eira aton ni. eira

"Gawsoch chi hwyl?" gofynna Dad ar ei ffordd adra. "Dwi'n gobeithio bod gwres Yncl Cefin wedi'i drwsio. Alla i ddim dioddef mwy o'i CHWYRNU."

145

Mae Derec yn mynd â Rŵstyr adra am ei fod o wedi blino'n lân ar ôl bod yn chwarae yn yr eira.

Pan 'dan ni'n cerdded i mewn i'r tŷ, mae Mam yn edrych yn hynod o HAPUS (sy'n arwydd da).

Mae hi'n deud wrth y cefndryd, "Mae popeth wedi'i drwsio felly byddwch chi'n gallu mynd adra heddiw. Dwi'n siŵr eich bod chi'n hapus am hynny."

CWSG!
Iei

Mae Mam yn gwenu achos mae hi newydd glywed bydd yr ysgol ar agor fory hefyd.

SBLYCH.

Mae'r cefndryd ac Anti Alis yn mynd i bacio eu stwff cyn i Yncl Cefin ddychwelyd i'w nôl nhw. Pan mae o'n cyrraedd, mae o'n cyhoeddi,

dympio

"Yn ôl fy arfer, dwi wedi llwyddo i SORTIO popeth. Gadewch i ni fynd adra i gael rhywfaint o foethusrwydd."

Sy'n dân ar groen Mam.

Ffeind iawn.

Dwi'n gallu gweld Dad yn rowlio'i 〇 〇 lygaid tu ôl i Yncl Cefin. Pe bawn i'n gneud hynna, baswn i mewn DYFROEDD DYFNION, beryg!

Wrth i Anti Alis wisgo ei chôt, mae hi'n deud wrtha i, "Dwi'n siŵr gnei di gysgu dipyn gwell heb y ddau hogyn SWNLLYD 'ma yn dy stafell, Twm."

A dwi'n deud (gan ei fod yn WIR), "Nid y nhw oedd yn SWNLLYD. Chi'ch dau'n CHWYRNU oedd yn SWNLLYD!"

Yna dwi'n dechra gneud dynwarediad da iawn o Yncl Cefin yn chwyrnu.

ChwwwYYYRRRNNNu
CHHHHHH CHWWWYYYRRRNu
CHHHHHH CHWWWYYYRRRNu
Yn ffodus i mi – mae Mam a Dad yn CHWERTHIN gyda'r cefndryd. Ond dydi Anti Alis ac Yncl Cefin ddim yn chwerthin.

Wrth iddyn nhw adael, rydan ni'n gallu eu DIM fi! clywed nhw'n dadlau dros bwy sy'n chwyrnu fwyaf. Mae'r cefndryd yn CODI LLAW ac wedi iddyn nhw yrru i ffwrdd, mae Mam yn deud,

"**A** lla i ddim CREDU dy fod ti wedi CHWYRNU fel'na, Twm!"

(Sy'n gneud i mi feddwl fy mod i mewn trwbwl).

"Roedd o mor DDIGRI!"

Ocê, dwi ddim mewn trwbwl – FFIW.

Mae Mam isio gwbod os ydw i isio

SIOCLED POETH.

OES PLIS!

Fel taswn i byth yn gwrthod.

"Ti'n haeddu TRÎT am ddioddef y cefndryd wedi'u SGWASHO i dy stafell," medda hi

Dwi'n cytuno.

Pan dwi'n cael fy SIOCLED POETH mae MALWS MELYS a sbrincls siocled arno.

IYM!

Mae 'na rywbeth am y malws melys sy'n fy atgoffa o rywun.

Mmmmm, wn i.

Dwi'n gwthio'r sbrincls o gwmpas 'chydig bach mwy gyda fy llwy.

Dyfalwch pwy!

Ha! Ha! Ha!

Gan bod y cefndryd wedi gadael, mae Delia yn sleifio i lawr y grisiau.

"Be sy mor ddoniol?" mae hi'n holi.

"Dim," dwedaf, cyn bwyta'r malws melys.

Yna ... dwi'n helpu fy hun i DAIR bisged.

Ond mae Mam yn deud bod hynny'n "ormod!" "Ar gyfer fy mhrosiect celf i maen nhw," medda fi. (Gan feddwl yn gyflym!) Felly dwi wedi tynnu llinell o gwmpas y

1. fisged siocled

2. waffer caramel

3. fisged gwstard

i neud y dŵdl anghenfil yma.

1. Bisged siocled

2. Waffer caramel

3. Bisged gwstard

(Mae Mam yn gadael i mi gadw'r waffer yn y diwedd).

'NÔL I'R YSGOL AR £ FRYS

Ers i'r ysgol gau, mae Stan y gofalwr wedi bod yn gweithio'n galed iawn i glirio'r eira.

Gyda lwc, wnaiff neb lithro rŵan, medda fo wrth i'r plant ddechra cyrraedd. Ond dwi ddim yn meddwl bod Mrs Nap wedi'i glywed.

O na!

Whwwws

Mae tu mewn i'r ysgol yn GYNNES braf unwaith eto (yn rhy gynnes bron). Ond wrth fynd i'r dosbarth, y peth arall dwi'n sylwi arno ydi ...

Fy NGHYMYDOG NEWYDD yn eistedd wrth y ddesg sbâr.

Mae EFA PARRI yn dal i fod y drws nesa i mi – sy'n rhyddhad.

Mae Mr Ffowc yn galw,

"Bore da, Dosbarth 5C."

'Dan ni'n ateb, "Bore da, Mr Ffowc."

"Mae hi dipyn bach yn gynhesach na'r diwrnod o'r blaen!"

(Allwch chi ddeud hynna eto.)

"Baswn i'n hoffi i chi i gyd roi CROESO Caederwen MAWR i Heulwen Haf sy'n ymuno gyda'n dosbarth ni heddiw – cwyd ar dy draed, Heulwen."

Mae Heulwen yn sefyll ac yn codi ei llaw ar bawb. Dwi'n codi fy llaw y mymryn lleia.

Mae **eFA** yn gofyn i Heulwen ble mae hi'n byw.

Dwi'n GWBOD yr ateb i hynny, ond dwi'n deud dim. Mae hi ac **eFA** yn sgwrsio: ella na wnaiff hi fy mhoeni i'n ormodol wedi'r cwbwl?

Sy'n WYCH, achos dwi'n mynd i ganolbwyntio ar fy NGWAITH HEDDIW.

(Na, dwi o DDIFRI, wir yr.)

Mae Caled 🙂 yn meddwl bod siawns i mi gael **BATHODYN DISGYBL DISGLAIR** o HYD. Mae o'n deud wrtha i, 🙂 "Tria **edrych** Ò Ó fel dy fod ti'n gweithio yn ofnadwy o GALED o hyd."

Dwi'n gallu gneud hynny. *YLWCH –*

dyma fi'n esgus gweithio'n galed.

Gwaith gwaith gwaith

Dwi'n gneud yn iawn nes i Carwyn ddechra deud,

"Twm ... Twm ... TwM!"

"Beth sy'n bod, Carwyn?"

"Gan fy mod i'n **DDISGYBL DISGLAIR**, dwi am aros yn y llyfrgell heddiw os ydi hi'n rhy oer."

"Chwarae teg i ti, Carwyn."

Mae o ar fin dechra fy **MWYDRO**,

felly dwi'n deud wrtho,

"Dwi'n trio canolbwyntio ar be mae Mr Ffowc yn ei ddeud. Dwi isio gweithio yn hynod o galed. Mae siawns y galla i gael BATHODYN DISGYBL DISGLAIR hefyd."

 "Be, CHDI? Dwi'm yn siŵr am hynny," medda Carwyn. Ond o leia mae o'n cau ei geg ac yn gadael llonydd i mi.

Mae Mr Ffowc yn dechra sôn am wersi'r dydd.

Dwi'n gwrando.

Dwi'n mynd i sgwennu 'chydig o bethau pwysig (er mwyn creu argraff).
Yn syth ar ôl i mi orffen gneud y dŵdl yma.

Dwi wedi dŵdlo ar fy nwy law.

Dyma **Mr Ffowc**. A dyma Carwyn. Ha! Ha! Ha!

Os dwi'n symud fy llaw mae'n edrych fel

petai o'n

 siarad.   Dwi'n ysu am gael dangos

fy mhypedau dwylo i Derec!

Y peth arall dwi'n ei neud ydi plygu

rhywfaint o 'mhapur i greu ...

⌄RHAIN.*⌄

Wrth i mi arlunio'n brysur, mae **Mr Ffowc** yn

deud, **"Dwi'n gobeithio nad dyna'r papur**

rwyt ti i fod i sgwennu arno, Twm?"

"Na, syr," medda fi. (Ond dyna ydi o).

*Edrych ar dudalen 222 i weld sut i blygu papur i neud anghenfil.

Mae'n rhaid i mi agor yr anghenfil papur o dan y ddesg a llyyyyyyfnhau'r papur. Sy'n gweithio rhywfaint bach. Mae hi'n edrych yn debyg 'mod i'n mynd i gael darn o bapur crychiog ARALL i'w roi yn fy llyfr.

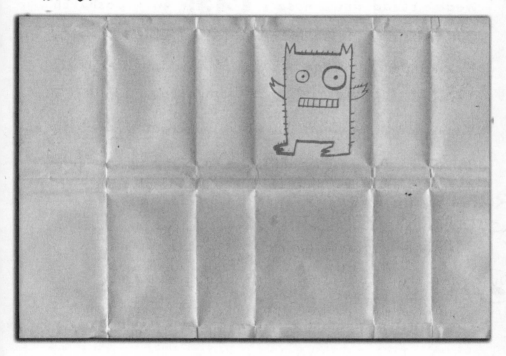

Wna i ei droi drosodd - ella gwnaiff hynny helpu? (Mmmmm, ddim llawer.

Dwi'n dal i allu gweld fy anghenfil. Wps).

AMSER CINIO HYNOD SBESIAL

Dydi **H**eulwen ddim wedi mynd ar fy nerfau yn ormodol. Sy'n RHYDDHAD.

Dwi'n deud wrth Derec bod **H**eulwen wedi eistedd drws nesa i **efa** yn y dosbarth. (Sy braidd yn RHY agos ata i a deud y gwir).

Mae o'n deud, "O na – dydi hynna ddim yn **dda**."

A dwi'n deud, "NADI, ond mae'r RHAIN yn **DDA**."

Dwi'n dangos y dŵdls dwylo i Derec gan neud iddyn nhw siarad.

"O, Mr Ffowc, PLIIIS ga i fod yn **DDISGYBL DISGLAIR**. Dwi'n mynd i fod y **DISGYBL DISGLAIR** GORAU erioed!"

"Sorri Carwyn, ond alli di ddim bod yn **DDISGYBL DISGLAIR** achos ti'n FFŴL, ac all FFŴL byth â bod yn **DDISGYBL DISGLAIR**!"

"Ond dwi isio **BATHODYN**, MR FFOWC. Plis ga i **FATHODYN**?"

"Cei di **FATHODYN**, CARWYN – ond bydd RHAID i dy un di ddeud FFŴL arno ac nid **DISGYBL DISGLAIR**."

Dwi'n gneud i Derec chwerthin gryn dipyn – ond rydan ni'n dau'n RHOI'R GORAU iddi pan mae CYSGOD **M**r **F**fowc yn ymddangos tu ôl i ni.

"Dydi DISGYBLION DISGLAIR **ddim yn cyflwyno'u gwaith cartref yn HWYR ac yn llawn crychau, Twm."**

"Iawn, **M**r **F**fowc."

(FFIW, gallai hynna fod wedi bod yn waeth).

Yn nes ymlaen – mae'r dŵdls yn ddefnyddiol iawn pan mae Carwyn yn dechra dangos ei FATHODYN i mi. (ETO). "Sbia Twm – dyma'r agosa ddoi di at FATHODYN DISGYBL DISGLAIR, beryg."

Felly dwi'n dangos y dŵdl llaw i Carwyn ac yn esgus ei fod o'n deud ...

"**E**lla fod gen i FATHODYN DISGYBL DISGLAIR ... ... ond dwi'n dal yn FF**Ŵ**L."

Sy'n cau ei geg.

Yn ôl yn y dosbarth, mae Mr Ffowc yn esbonio beth yw'r gwaith ar gyfer y wers hon. Wrth iddo siarad, dwi wrthi'n brysur yn gneud i fy llaw symud ar yr un pryd. Mae angen canolbwyntio dipyn. Dwi ddim wir yn gwrando. Felly pan mae Mr Ffowc yn deud, **"Rydych chi'n gwybod beth sy angen i chi ei wneud rŵan, 5C."**

(Does gen i ddim syniad).

Dwi'n sbio i gyfeiriad Carwyn ac yna at EFA. Galla i weld eu bod nhw'n sgwennu rhywbeth tebyg i GERDD?

Dwi'n ceisio pwyso yn ôl i weld be mae Heulwen yn ei neud ac mae Mr Ffowc yn deud, **"Twm, rho'r gorau i bwyso'n ôl yn dy gadair a charia ymlaen i weithio ar dy gerdd."**

"Iawn, syr." Dwi'n sibrwd wrth EFA, "Be ydi thema'r GERDD?"

Mae **EFA** yn deud rhywbeth

sy'n swnio fel **NEINIA**.

O DDIFRI? Alla i ddim gofyn iddi

eto achos mae **Mr Ffowc** yn edrych arna i.

Mae Carwyn newydd ysgrifennu hyn yn ei lyfr.

Un tro, amser maith yn ôl.

Ella ein bod ni'n sgwennu am bethau hen,

fel **NEINIA** a **TEIDIA**?

Dwi'n sibrwd, "Pssssst, Carwyn, ydan ni'n

sgwennu am **NEINIA** a **TEIDIA**?"

Ac mae o'n deud, "**NEINIA** a **TEIDIA**? Ymmm,

ydan, Twm, 'dan ni'n sgwennu am **NEINIA a TEIDIA**."

Felly dyna be dwi'n ei neud.

Dwi ddim yn gorffen y gerdd yn y dosbarth. Ond

dwi'n cael mynd â hi adra. Dwi eisoes wedi rhoi

croes drwy sawl gair — felly ella bydd yn rhaid i

mi sgwennu'r peth eto ar ddarn ARALL o bapur a'i

LUDIO yn fy llyfr.

Galla i neud hynny — dim problem.

FY WYTHNOS HYNOD WAEL

Y newyddion DA

ydi 'mod i wedi gorffen fy ngherdd a dwi wedi'i sgwennu hi'n HYNOD o daclus ar ddarn GLÂN o bapur. Mae hi am Y **FFOSILIAID** (sy'n hynod hen). Dwi'n gobeithio CREU ARGRAFF FAWR ac ella gwnaiff hynny HELPU Mr Ffowc i benderfynu i bwy y dylai o roi BATHODYN DISGYBL DISGLAIR arall. (☺ ← FI.)

Y newyddion **DRWG** ydi ... dydi gweddill fy wythnos i ddim cystal.

I DDECHRA mae'r **EIRA** yn dechra **DADMER** (doedd y "stormydd" ddim cynddrwg â hynny wedi'r cwbwl. Sy'n biti). Mae o wedi bod yn hwyl ar y cyfan.

Yna gofynnodd Mr Ffowc i Efa helpu Heulwen i neud ffrindiau. Felly roedd hi'n ceisio cael Heulwen i siarad efo FI bob munud.

Wnes i ymdrech FAWR drwy ofyn i Heulwen pwy oedd ei hoff fandiau.

162

Pan ddwedais i wrthi 'mod i'n hoffi'r **3 DIWD**, dyma hi'n gneud rhyw wynab rhyfadd fel tasa 'na rywbeth yn BOD arnyn nhw! Ac (os nad oedd hynny'n ddigon drwg) pan gyrhaeddes i adra, roedd Mam wedi gneud CACEN FLASUS ac ro'n i ar fin BLASU tamad pan **waeddodd** hi.

DIM CYFFWRDD!

"Nid i ti mae hi, ond ar gyfer ein CYMDOGION newydd!"

Roedd yn rhaid i mi WYLIO Mam yn MYND â'r gacen i dŷ Heulwen – oedd yn beth ANODD IAWN i mi ei neud.

Ac (aeth petha'n WAETH) pan ddaeth Mam adra roedd hi'n **GANDRYLL**...

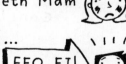
EFO FI!

"Be dwi wedi'i neud RŴAN?" medda fi. Tynnodd Mam y CERDYN CARTREF NEWYDD roedd hi wedi'i roi iddyn nhw a deud ...

"Roedd o i fod yn gerdyn NEIS i groesawu nhw i'w CARTREF NEWYDD gyda nodyn bach yn ymddiheuro gen ti."

"Wnes i ymddiheuro," dwedaf wrth Mam.

Yna wnaeth hi ddangos y cerdyn i mi. "Ble'n union mae'r ymddiheuriad yn <u>hwn</u> 'ta?"

Dwi DDIM yn
Sorri am y
miwsig uchel.
Dwi am ei neud o eto.
Gan Twm.

Ha! Ha!

Llongyfarchiadau ar eich cartref newydd.

Cariad gan y teulu Clwyd (drws nesa). Rita, Ffranc, Twm a Delia. X

(A gan y cefndryd Clwyd).

Cymrodd gryn amser i mi ei pherswadio hi nad fi SGWENNODD o. "Y cefndryd wnaeth hynna wrth iddyn nhw arwyddo'r cerdyn – dim fi."

Gorfododd Mam fi i arwyddo cerdyn ARALL.

Wnes i ofyn a allai hi neud  ARALL hefyd?

I ni!

Dos i ganu, Twm.

(Roedd hi'n werth gofyn. Siom.)

Ar ôl hynny, wnes i fynd i fy llofft a DYFALWCH pwy welais i'n eistedd yn yr ardd yn bwyta darn

ANFERTH. gacen ?

Ia, dyna chi. HEULWEN.

Pam basa hi'n bwyta cacen yn yr ardd heblaw ei bod hi isio i fi ei gweld?

Wnes i drio 'ngorau i'w hanwybyddu ...

Pwy sy isio cacen, prun bynnag?

(Fi.)

[H]EDDIW 'dan ni'n tynnu LLUN O'R TEULU ar gyfer

pen-blwydd priodas aur y FFOSILIAID.
                                            Sblych.

[M]ae Yncl Cefin wedi anfon

cyfarwyddiadau ar BOB DIM.

  • Sut i gyrraedd yno

    • BETH i'w wisgo

    • Angen cofio GWENU!

"Pob lwc efo hynna," medda Dad

                gan edrych ar Delia.

Mae [M]am yn awgrymu y gallen ni esgus

na chyrhaeddodd y rhestr mewn pryd?

(Rhestr wedi'i   "Syniad da," cytuna Dad.
sgrynsho)
                Dydi Delia ddim yn hapus o gwbwl

am y llun. Mae hi'n ein rhybuddio ni ymlaen llaw.

    "Fel eich bod chi'n gwbod, dwi DDIM

am dynnu fy sbectol haul."

(Dwi wedi gweld Delia heb ei sbectol haul* –

mae hi'n edrych yn frawychus).

                *Wele dudalen 6, Syniadau JÎNIYS (Rhan fwyaf)

Pan 'dan ni'n cyrraedd stiwdio LLUN O'R TEULU, mae
Yncl Cefin, Anti Alis a'r cefndryd yn GYNNAR
ac yn aros amdanon ni.

"Maen nhw'n gwisgo dillad sy'n matsio,"
sibrydaf wrth Mam.

"A'r un lliw hefyd,"

ychwanega Dad.

Y peth cynta mae
Yncl Cefin yn ei ddeud ydi,
"Chawsoch chi ddim fy
NGHYFARWYDDIADAU i?"

Mae Dad yn deud, "Na - wyt ti'n sicr dy fod ti
wedi'u hanfon nhw?" Sy'n gneud i Yncl Cefin amau
a wnaeth o.

Yna mae'r
ffotograffydd
yn tynnu ei sylw.

Mae o'n ymddangos yn GYFFROUS iawn. Mae o'n deud, " "

Gadwch i ni neud heddiw yn ddiwrnod o HWYL, ia?

Sy'n gneud Delia yn fwy blin byth. (Os ydi hynny'n bosib.)

Dach chi ddim o DDIFRI?

mae hi'n cwyno.

Mae Yncl Cefin yn gofyn y cynta (o nifer) o'i gwestiynau i'r ffotograffydd am ba Wir? gamera mae o'n ei ddefnyddio. "Dwi'n ffotograffydd brwd," medda fo wrth y ffotograffydd.

Mae Delia yn tecstio ei ffrindiau bob munud ac yn mwmial pethau fel: "Mae hyn MOR DRIST." "Pam dwi hyd yn oed yma?"

Mae'r ffotograffydd eisoes yn cael amser eitha anodd yn gosod pawb yn eu lle.

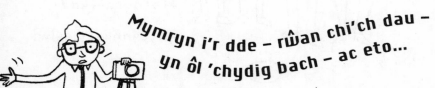

Mymryn i'r dde – rŵan chi'ch dau – yn ôl 'chydig bach – ac eto...

Mae Yncl Cefin yn cwyno y byddai hyn wedi bod yn haws tasa ni i gyd wedi cael ei gyfarwyddiadau.

Twm - dim clustiau cwningen

Sblych

Pam fi?

Mae'r cefndryd yn gorfod mynd i'r cefn am eu bod nhw mor IENFAWR. Wnaiff Delia ddim gwenu O GWBWL ac mae Dad isio gwisgo ei het ond mae Yncl Cefin yn ei thynnu bob munud.

"Paid â chyffwrdd FY HET!" gwaedda Dad mewn llais blin.

Mae'r ffotograffydd wrthi'n tynnu lluniau.

"Wnaiff pawb o leia TRIO edrych ychydig bach yn hapus?"

Mae o'n trio ei ora.

O'r diwedd, medda fo, **"Dyna ni – mae gen i ddigon o luniau!"** (Mae o'n swnio'n llawn rhyddhad.)

Rydan ni ar fin gadael pan mae Anti Alis yn gweiddi, "DIM ETO!" cyn iddi estyn detholiad o "WAITH GWEU" Nain Clwyd o'i bag. "Byddai hi WRTH EI BODD yn cael llun o'r holl wyrion gyda'i gilydd yn gwisgo rhywbeth mae hi wedi'i neud i chi."

Mae Delia yn meddwl ei fod o'n syniad **tWP**.

"O DDIFRI? 'Dan ni'n edrych yn ddigon gwirion hebddan nhw."

Mae Mam yn rhoi sgarff iddi ac yn deud, "Gwisga fo, neu fyddwn ni yma am oesoedd." Felly 'dan ni'n gwisgo'r hetiau a'r sgarffiau ac er bod y cefndryd yn cadw reiat, 'dan ni'n tynnu'r llun.

"Bydd Nain Clwyd a Taid Clwyd wedi GWIRIONI," medda Anti Alis.

Ffiw

Ar gau

Dwi jest yn FALCH bod y cwbwl DROSODD. (Dim fi ydi'r unig un.)

Roedd hyn yn WAETH na chael tynnu llun yn yr ysgol.

ANRHEGION

HYNOD DDIFLAS

Mae Dad wedi derbyn yr holl luniau o'r sesiwn dynnu LLUN Y TEULU. Sy'n GYFLYM.

Maen rhaid iddyn nhw ddewis un i'w roi i'r FFOSILIAID fel anrheg. Mae Mam yn y sied gyda Dad yn edrych arnyn nhw ar y cyfrifiadur.

Dwi'n mynd i mewn i gael sbec hefyd.

*Wele dudalen 78, Byd Anhygoel Twm Clwyd.

"**D**wi'n edrych yn OFNADWY yn hwnna!" ebycha Mam.

"**W**yt, ond sbia ar wep Yncl Cefin yn fan'na?" medda Dad.

Mae Delia yn edrych yr un fath yn yr HOLL luniau. Yna mae Dad yn deud, "Beth am gael 'chydig o hwyl drwy neud ambell newid bach i bawb ar y cyfrifiadur ... heblaw amdana i, wrth gwrs." IA!

Mae o'n cymryd sbel ond mae'r canlyniad yn

DDIGRI OFNADWY

"Doniol iawn," medda Mam, ond dydi hi ddim yn rhy hoff o'r mwstásh mae o wedi'i roi iddi. Mae'r cefndryd yn edrych fel fampirod. "Gwna ddannedd Yncl Cefin yn FWY," dwi'n awgrymu. Mae o'n edrych fel cwningen! (Dwi'n gallu gweld o ble dwi'n cael fy sgiliau dŵdlo rŵan). Ha! Ha!

Ha! Ha! Ha! Ha!

Yn y diwedd, wedi i ni stopio chwerthin, mae Mam a Dad yn DEWIS llun **neis** ohonon ni i GYD i'w yrru i'w brintio a'i roi mewn ffrâm swanc ar gyfer y **FFOSILIAID**.

NID dyma fy syniad i o anrheg HYNOD sbesial, ond dwi'n siŵr gwnaiff y **FFOSILIAID** ei hoffi.

Hyfryd

Dwi'n gobeithio y gwnawn nhw hoffi'r cerdyn dŵdl dwi am ei greu. Gallwn i sgwennu fy ngherdd tu mewn hefyd (gan 'mod i'n ŵyr mor neis). ☺

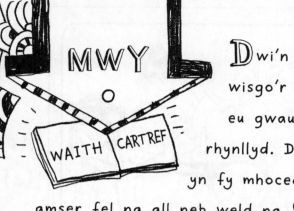

MWY O WAITH CARTREF

Dwi'n cael fy ngorfodi i wisgo'r menyg wnaeth Nain eu gwau gan ei bod hi'n rhynllyd. Dwi'n cadw fy nwylo yn fy mhoced y rhan fwya o'r amser fel na all neb weld na CHWERTHIN.

Ha! Ha!

Dwi gyda Derec ar iard yr ysgol yn aros i fynd i mewn pan ddaw Norman draw. Rydan ni i gyd yn sgwrsio am y band ac yn sôn bod angen i CŴN SOMBI ymarfer MWY a chwarae mwy o GIGS.

"Rydan ni wedi bod yn deud hynna ers oesoedd," medda Derec. (Sy'n wir).

"Bydd yn rhaid i ni ei neud o'r TRO YMA," medda fi wrtho fo. Mae Derec yn ein hatgoffa fod DIWRNOD AGORED yr ysgol yn digwydd cyn hir.

"Ella gwnaiff Syr Preis ofyn i ni chwarae ar gyfer y rhieni newydd yn y DIWRNOD AGORED.

Mae Syr Preis wedi gofyn i'r **CŴN SOMBI** chwarae yng nghyngerdd yr ysgol o'r blaen. Mae o'n syniad da. Mae Norman yn cytuno. "Ddudwn ni **IA** yn BENDANT!"

"Ocê, wna i - ond ella na wna i **NEIDIO** o gwmpas fel yna, Norman," medda fi wrtho.

Yn ôl yn dosbarth, mae **Mr Ffowc** yn ein hatgoffa am y DIWRNOD AGORED ac am EIN CERDDI.

"Gobeithio bod pawb wedi dod â nhw heddiw." medda fo.

NA! NA! NA! Beth wnes i gyda fy NGHERDD? Dwi'n gwbod ei bod hi'n rhywle. Dwi'n **edrych** yn fy llyfr i weld a oeddwn i'n ddigon call i'w gludio hi yno yr eiliad y gorffennais i hi.

A DYFALWCH BE?  Doeddwn ni ddim.

Dwi'n siŵr ei bod hi ar ddarn o bapur yn rhywle. Mae **Mr F**fowc yn deud,

"Baswn i'n hoffi i rai ohonoch ddarllen eich cerddi i'r dosbarth."

Mae **EFA** eisoes wedi estyn ac agor ei llyfr. Teitl eich cherdd hi ydi

"**EIRA WEDI RHEWI**"

Mae hi'n fy ngweld i'n edrych ar ei llyfr, felly dwi'n deud, "Dwi WEDI gneud fy un i, ond dwi'n methu dod o hyd iddi."

Dwi'n dechra edrych yn fy mag a chwilio ymhellach. O'R DIWEDD dwi'n dod o hyd iddi yn fy llyfr hanes.

Wwwwp! **W**wwwp!

Dwi wedi cael gafael ar fy ngherdd. FFIW!

OCÊ, ella ei bod hi wedi cael ei sgwennu ar ddarn crychiog o bapur, ond o leia DWI WEDI DOD O HYD iddi!

Mae **Mr Ffowc** yn fy ngweld i'n **CHWIFIO**'R gerdd yn frwd ac mae o'n gofyn, **"Ydi hwnna yn ddarn arall o waith cartref crychlyd, Twm?"**

Felly dwedaf, "Ydi, **Mr Ffowc**, ond dwi wedi gweithio'n galed ofnadwy a doedd hi ddim yn hawdd sgwennu cerdd **GYFAN** ? am **NEINIA a TEIDIA**."

Mae **Mr Ffowc** yn edrych yn ddryslyd. Mae Carwyn yn chwerthin yn ddistaw bach, felly dwi'n gofyn iddo, **"Be sy mor ddoniol?"** "Dim," medda fo. Sy'n fy ngneud i'n hynod amheus. Teitl ei gerdd o ydi "FY **SIWPYR SLEJ**".

Dwi'n gofyn iddo, "Be sy gan <u>hynny</u> i neud efo **NEINIA a TEIDIA**?" sy'n gneud i Carwyn chwerthin mwy.

Yna mae o'n deud, "DIM BYD. Roeddet ti i fod i sgwennu cerdd am **STORM EIRA** nid **NEINIA a TEIDIA**. Hen dro, Twm."

Dwi'n ceiso cofio 'mod i wedi drysu.

PAM 'mod i wedi drysu.

Ocê ... dwi newydd gofio.

"Chdi ddwedodd wrtha i am

sgwennu am **NEINIA a TEIDIA**,

Carwyn!" dwi'n ei atgoffa.

Mae Carwyn yn codi ei ysgwyddau.

"Dwi ddim yn cofio hynny."

Mae o'n gymaint o **BOEN**. Ella baswn i'n gallu newid rhai geiriau pan dwi'n darllen y gerdd.

Wrth i mi feddwl be i'w neud, mae **Mr F**fowc yn deud,

"TWM, hoffet ti ddarllen dy gerdd i'r dosbarth?"

(Na, ddim o gwbwl.)

Dwi'n cymryd anadl ddofn ac yn deud,

"Mr Ffowc, fel HYN mae hi. Wnes i gamgymeriad a sgwennu cerdd am NEINIA a TEIDIA dim STORM EIRA."

Yna dwi'n cael BRENWÊF a dwi'n dal fy mhapur CRYCHIOG i fyny ac egluro, "Wnes i SGRYNSHO fy mhapur AR BWRPAS er mwyn gneud iddo edrych yn GRYCHIOG fel HEN BERSON go iawn."

(Dwi'n JINIYS.)

Yna dwi'n darllen fy ngherdd ac mae Mr Ffowc yn ei hoffi hi'n fawr!

"DA IAWN, TWM!" medda fo.

(Diolch, diolch.)

Wna i roi fy ngherdd yn fy llyfr yn nes ymlaen.
Dyma FWLCH i Mr Ffowc gael sgwennu
rhywbeth neis a rhoi LLAWER
o SÊR i mi.
(Croesi bysedd)

DA IAWN, Twm.

Ti wedi cael 5 SEREN am dy
gerdd "TEIDIA A NEINIA".
Mr Ffowc

WEHEI! ☆

Pan wnaeth Carwyn ddarllen ei gerdd yn
uchel, roedd o'n meddwl ei bod hi'n WYCH.
(Doedd hi ddim.)

Dim ond UN SEREN gafodd o gan Mr Ffowc.
Wnes i ddeud wrtho fod UN SEREN yn well na
DIM. Yna wnes i adael fy llyfr ar y ddesg
fel ei fod o'n gallu gweld 'mod i wedi
cael PUM SEREN am fy ngherdd i. ☺ Hi hi.

Dwi'n mwynhau deud hanes fy NGHERDD wrth Derec a Norman wrth i ni wisgo ein cotiau i fynd adra.

Bob tro dwi'n gwisgo menyg Nain, dwi'n meddwl, "Mae'n rhaid i mi gael menyg newydd."

Mae Syr Preis yn sefyll wrth y drws yn deud (hwyl) wrth bawb, pan mae Derec yn ein hatgoffa ein bod ni am ddeud IAWN os gwnaiff o ofyn i CŴN SOMBI chwarae yn y DIWRNOD AGORED, er mai yfory mae hwnnw.

Rydan ni'n *gwenu* ar Syr Preis ac mae o'n deud, **Hwyl, bawb.** A dyna ni. Dim byd mwy. "Beth am i ni fynd yn ôl a gofyn iddo fo?" awgryma Norman. Syniad da. Mae'r tri ohonon ni'n cerdded yn ôl at Syr Preis. Medda fo, **"Wedi anghofio rhywbeth, hogia?"** Mae Norman yn deud,

"Syr Preis, mae gan Twm rywbeth i'w ofyn i chi." (Diolch, Norman.)

"Wel, syr ... all ein band ni - **CŴN SOMBI** - chwarae yn NIWRNOD AGORED yr ysgol fory?"

Medda Syr Preis, **"Am syniad GWYCH!"** Sy'n codi ein gobeithion. Ond yna mae o'n deud, **"Ond dwi eisoes wedi cytuno i gerddorfa Mr Sbrocet chwarae. Gewch chi chwarae flwyddyn nesa, dwi'n addo."**

O wel, wnaethon ni drio. "Bydden ni'n gymaint gwell na'r gerddorfa," medda Derec wrth i ni gerdded am adra.

"Fydd neb isio dod i'n hysgol ni ar ôl eu clywed nhw," medda fi.

"MAE **CŴN SOMBI** yn **ROCIO**," medda Norman cyn iddo anelu am adra i'r cyfeiriad gwahanol.

Mae Derec a minna'n cytuno i ganolbwyntio ar ddysgu 'chydig mwy o ganeuon hefyd.

"Byddai **CŴN SOMBI** yn rocio mwy byth taswn ni'n ymarfer," medda fi wrth Derec cyn mynd i'r tŷ.

Dwi'n siŵr bod y copi NEWYDD o ROC NAWR yn dod allan heddiw? Dwi'n cymryd sbec yn stafell Delia, rhag ofn ei bod hi wedi'i brynu. IÊI, mae o YNO. Dwi'n ei fenthyg i'w ddarllen yn fy stafell cyn iddi ddod adra.

Pan dwi'n GWELD y gystadleuaeth yma yn y cylchgrawn – dwi'n ei weld o fel ARWYDD. Fel petai o'n ARBENNIG ar ein cyfer NI.

BRWYDR Y BANDIAU!

Ydych chi mewn BAND? Yna mae'r gystadleuaeth yma ar eich cyfer CHI.

Byddwn yn cynnal clyweliadau o gwmpas y wlad.
Galwch draw i CHWARAE'N FYW gyda eich band.
Os ewch chi ymlaen i'r rownd nesaf,
y wobr ydi PERFFORMIO yng
NGŴYL ROC NAWR
gyda rhai o'n HOFF fandiau roc ni.

Gwelwch isod am fwy o fanylion.

Awe, CŴN SOMBI.

Gofynnodd **Mr Ffowc**
i mi fynd i helpu gyda'r
DIWRNOD AGORED a dwedais
i (IAWN) yn syth bìn achos:

1. Ella gwnaiff o fy helpu i gael bathodyn

2. Dwedodd o y byddai sudd oren, CACENNAU a
   BISGEDI yno am ddim!

Mae DIWRNOD AGORED Ysgol Caederwen

ar gyfer oedolion a phlant fyddai, o bosib, yn hoffi

dod i'r ysgol yn y dyfodol. Mae'n SWYDD

ni'n SYML. Maen nhw wedi deud wrthon ni am

YMDDWYN YN WYCH a THRIO'N GALED i beidio

â chodi ofn ar bobl.

(Mae hi'n ysgol wych!)

(Mae rhai
plant yn gneud mwy
o ymdrech na'i gilydd).

Paid â
sbio

Dwi yma gyda'r holl **DDISGYBLION DISGLAIR:**

Efa, Lemiwel ac Indrani, Ffion a Marc Clwmp

(sy'n golygu bod Carwyn yma hefyd).

Drychwch ar fy mathodyn.

Rydan ni'n mynd â phobl o gwmpas yr

ysgol ac yn deud lle mor **DDA** ydi'r ysgol hon.

Sy'n waith **ANODD**.

(Dwi ddim yn deud wrth neb 'mod i wedi dod i

Ysgol CAEDERWEN achos bod Delia wedi dod yma a

gan nad ydi o'n bell i gerdded o'n tŷ ni). Dwi wedi

dod â'r dudalen **BRWYDR Y BANDIAU!** hefo fi i

ddangos i Derec a Norman, gan anghofio nad

ydyn nhw yma. Felly dwi'n ei ddangos o i

EFA. "Dan ni am GYSTADLU yn y gystadleuaeth

yma," medda fi. "Gallai'r **CŴN SOMBI** ennill!"

"Dwi wedi gweld y posteri, mae hi'n gystadleuaeth

FAWR – felly dwi ddim yn meddwl," medda hi.

(O, ocê).

"Mae **CŴN SOMBI** angen sialens," egluraf.

"O ddifri?" medda **eFA**, heb ei hargyhoeddi.

"**R**oedd Syr Preis wirioneddol isio i ni chwarae yn y DIWRNOD AGORED heddiw. Ddwedon ni 'dim diolch', ond ella nawn ni chwarae flwyddyn nesa," medda fi, wrth i gerddorfa arbennig Mr Sbrocet ddechra chwarae yn y neuadd.

"'Dan ni'n **llawer** gwell na nhw," dwi'n ychwanegu.

"Gobeithio," medda **eFA** cyn iddi arwain ambell riant at y llyfrgell.

Mae ein dosbarth ni'n edrych yn well nag arfer. Mae **Mr Ffowc** wedi gneud **ymdrech FAWR** i roi pethau difyr ar y wal ar gyfer y DIWRNOD AGORED. Fel fy NGHERDD i. (Anaml mae hynny'n digwydd). ☺

Dwi'n hofran wrth ei hymyl rhag ofn bod rhywun isio gofyn cwestiynau i mi amdani. Dwi hefyd yn TRIO GNEUD ARGRAFF drwy wenu ar y rhieni a'r plant newydd ar yr un pryd.

CERDDI, gan ddosbarth 5C.

Mae fy ngwên i'n gweithio – achos mae **Mr Ffowc**

yn sylwi arna i ac yn deud wrth rai o'r rhieni,

"Dyma TWM, awdur y gerdd wych yma

sydd ar y wal. Wnei di ddangos i'r teulu

yma ble mae dosbarth Mrs Williams, plis?"

"GWNAF, SYR," medda fi (gan

feddwl am fy MATHODYN DISGYBL DISGLAIR posib).

Ar y ffordd i'r dosbarth mae'r rhieni yn

gofyn 'chydig o gwestiynau i mi, fel:

"Wyt ti'n hoffi'r ysgol hon, Twm?"

Felly dwi'n deud,

"YDW, yn enwedig rŵan bod y **GWRES** yn

gweithio unwaith eto. Ond gawson ni ddiwrnod

i ffwrdd o'r ysgol pan dorrodd o, cofiwch, ac

roedd HYNNY yn grêt."

(Sy'n wir).

 **O, reit** medda'r rhieni newydd.

Wedyn maen nhw isio gwbod pwy sy'n chwarae'r
♪ GERDDORIAETH yn y neuadd?

"Wel, rhyw fath o **GERDDORIAETH**. ydi hi.

Cerddorfa ysgol Mr Sbrocet ydi honna ac mae

popeth maen nhw'n chwarae yn RYBISH llwyr."

"Dydan nhw ddim *CYNDDRWG* â hynny,"

medda'r tad wrtha i.

Dwi ar fin egluro mai'r OFFERYNNAU maen nhw'n

eu chwarae sy wedi'u GNEUD o RYBISH pan 'dan

ni'n cyrraedd dosbarth Mrs Williams.

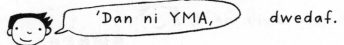 **'Dan ni YMA,** dwedaf.

Mae'r hogyn isio gwbod ydi Mrs Williams yn

☺ athrawes NEIS?

Dwi'n help MAWR a dwi'n deud rhywbeth pwysig wrtho.

"Mae hi'n athrawes wych ac yn eitha neis, dim **ond** i ti BEIDIO â sôn wrthi am ei **MWSTÁSh**."

(Ella na ddylwn i fod wedi deud hynna – ond mae hi'n rhy hwyr rŵan).

Dwi ar fy ffordd yn ôl i'r dosbarth pan dwi'n cofio am y cacennau **AM DDIM** yn y neuadd. Dwi'n meddwl 'mod i'n haeddu snac. Chymrith hi ddim chwinciad i mi sgaffio bisgedan neu ddwy.

Mmmmm. Pa un?

Dwi'n ceisio penderfynu pan mae Carwyn yn picio i mewn ac yn cymryd y fisgeden gwstard ro'n i'n ei llygadu. Fi pia hon.

"Achos mae gen i FATHODYN DISGYBL DISGLAIR," ychwanega.

(Dwi'n dylyfu gên, diflaaaas ...)

189

Daw Mr Sbrocet draw i ofyn cwestiwn i'r DDAU ohonon ni.

"All un ohonoch chi'ch DAU DDISGYBL DISGLAIR gau y drws plis? Mae'r glaw yn dod i mewn i'r stafell." Mae MR SBROCET YN MEDDWL FY MOD I'N DDISGYBL DISGLAIR!

"Iawn, Mr Sbrocet, WNA I," medda fi a chychwyn am y drws.

"FI mae o'n feddwl, Twm. Fi ydi'r unig DDISGYBL DISGLAIR yma," medda Carwyn.

"Paid â phoeni, mi af i, Carwyn," dwedaf wrtho ac mae'r ddau ohonom yn dechra cerdded yn GYFLYM tua'r drws. Fi sy'n cyrraedd yn gynta a dwi'n trio cau'r drws.

GWTHIWCH

Mae Carwyn yn fy
=NGWTHIO i allan ac mae
o'n rhoi clep i'r drws tu ôl
i mi. Mae hi'n PISTYLLIO
bwrw a dwi'n GWLYCHU.
Dwi'n gwthio'r drws ac

yn galw GAD fi mewn!

Mae Carwyn yn tynnu stumiau gan ddal y drws
ar gau. "Ha! Ha! Wyt ti'n gwlychu,
Twm?" mae o'n chwerthin.

YDW mi ydw i,
OND ...

DWI'N gallu gweld pwy sy'n sefyll tu ôl i
Carwyn. Mae llais UCHEL IAWN yn deud,

**"AGOR Y DRWS,
CARWYN."**

Mae o'n stopio chwerthin.

Mr Ffowc sy yno a dydi o
DDIM YN HAPUS.

Dwi'n dod i mewn yn edrych braidd yn ... damp.

Mae Mr Ffowc yn deud wrth Carwyn,

"Ni ddylai Disgyblion Disglair gamfihafio, yn enwedig ar DDIWRNOD AGORED**, Carwyn."**

"Iawn, Mr Ffowc," medda fo.

"Rŵan, ymddiheura i Twm."

Dwi'n aros, Carwyn.

Dwi'n dal i aros (a dripian).

"Mae'n ddrwg gen i am dy wthio di drwy'r drws, Twm."

Dydi o ddim yn edrych fel bod yn ddrwg ganddo.

Dwi'n dechra **TAGU** mymryn yn uchel, fel ei fod o'n gorfod ei ddeud o eto. Roedd hi'n werth gwlychu er mwyn clywed Carwyn yn ymddiheuro i mi, ddwywaith. ☺

Sorri

(Mae'r DIWRNOD AGORED wedi bod yn llwyddiant).

YMARFER BAND

CŴNSOMBI

Y diwrnod canlynol yn yr ysgol, mae gynnon ni FATHEMATEG i ddechra ac yna prawf sillafu (ro'n i wedi anghofio popeth amdano). Mae **EFA** yn cyfnewid ei hatebion gyda Heulwen er mwyn eu marcio. Dwi'n cyfnewid fy rhai i gyda Carwyn, sy'n dal yn flin gan ei fod o wedi gorfod ymddiheuro i mi. Dwi'n sylwi ei fod o wedi ✗ camsillafu'r gair PUSTILLEO Dwi'n ei gywiro; "Rwyt ti i fod i'w sillafu fel hyn … "Mae'n pistyllio'r glaw, dwi'n sorri 'mod i wedi dy wthio iddo, Twm."

(193)

Hmmffff. — Mae Carwyn y trio'n galed i beidio ymateb.

Mae **EFA** a Heulwen wedi dychwelyd eu sillafu i'w gilydd ac maen nhw'n sgwrsio. Dwi'n dechra clustfeinio pan dwi'n CLYWED Efa yn deud y gair **CERDDORIAETH.**

"Mae Twm yn gwbod llawer am gerddoriaeth." medda hi. (Ydw i?)

Yna, gan fy mod i wedi rhoi sillafu Carwyn iddo (cafodd o dri yn anghywir), a gan fy mod i wedi cael fy rhai i yn ôl, (dau yn anghywir), dwi'n ceisio gneud ymdrech FAWR gyda Heulwen ac ymuno yn y sgwrs.

Dyma ddigwyddodd.

Fi: "Sut fath o gerddoriaeth wyt ti'n ei hoffi, Heulwen?"

Heulwen: "Cerddoriaeth dda."

Fi: "A fi ... Dwi'n hoffi'r **3 DIWD**, sef y **BAND GORAU** yn y BYD i **GYD**."

194

Heulwen:  "NO WÊ – DYDI'R YN DDA I DDIM."

Fi: ....

(dwi'n methu deud gair am eiliad neu ddwy.)

Fi: "Maen nhw'n WYCH, wt ti'n GALL?

Wyt ti wedi'u clywed nhw?"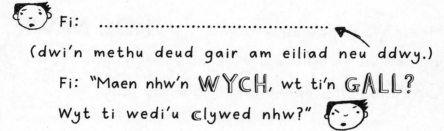

Heulwen: "Do. Dyna pam dwi'n meddwl

eu bod nhw'n dda i ddim."

EFA: "Pwyllwch, chi'ch dau."

Fi: "Mae fy mand i CŴN SOMBI yn

debyg iddyn nhw gan eu bod nhw MOR dda."

Heulwen: "Rhaid bod dy fand di'n dda i ddim

hefyd os ydych chi'n debyg i'r 3 DIWD."

Dwi'n cael fy achub gan GLOCH YR YSGOL.

Mae Heulwen yn gwgu arna i ac yn gadael ...

Dwi'n SYFRDAN.

195

Amser chwarae mae Derec a Norman yn gofyn i mi am gystadleuaeth **BRWYDR Y BANDIAU!**

Mae'r dudalen rwygais i o **ROC NAWR** yn dal yn fy mhoced. Mae hi fymryn yn **GRYCHIOG** ond dwi'n ei dangos iddyn nhw.

"Dylwn ni gystadlu," medda Norman.

"Gyda 'chydig mwy o ymarfer gallwn ni neud y clyweliad **byw**," medda fi.

"**B**e am chwarae 'Wîrdo 'di Delia'; 'dan ni'n gwbod y gân yna'n dda iawn," awgryma Derec.

"Gallen ni **ENNILL**," gwaedda Norman, gan gynhyrfu'n lân.

Dwi ddim yn meddwl gallen ni *ENNILL* OND pan mae Carwyn yn dod draw, dwi'n newid fy meddwl.

196

"ENNILL BETH?"
"BRWYDR Y BANDIAU!

Mae **CŴN SOMBI** yn mynd i gystadlu," dwi'n deud wrtho.

Mae Carwyn yn edrych ar y manylion ac yn deud, "Does gennych chi ddim GOBAITH CANERI; mae'r bandiau gorau i gyd yn cystadlu yn honna."

"Rydan ni'n dda!" medda fi.

"Dwedodd yr hogan newydd 'na, Heulwen, bod chi'n DDA I DDIM. Clywais i hi."

Beth? (Dim dyna'n union beth ddwedodd Heulwen.)

Yn sydyn mae NORMAN YN GWEIDDI,

MAE **CŴN SOMBI** YN ROCIO

a dwi'n deud, "YN UNION, ti'n iawn, a 'dan ni'n mynd I DRIO ennill."

(Gobeithio.)

Mae Carwyn yn pwyntio at ei FATHODYN DISGYBL DISGLAIR ac yn deud, "Hy, yn eich breuddwydion. A gyda llaw, chewch chi ddim sefyll yn fan'na, dach chi'n blocio'r drws."

Mae o'n ein SSSSHHHHWio ni i symud.

Sblych.

Aiff Carwyn yn ei flaen. "Fel DISGYBL DISGLAIR, fy swydd i ydi helpu i gadw'r drysau yn glir."

"O ddifri?"

(Dwi'n siŵr NAD ydi o'n rhan o'i swydd o.)

Rydan ni'n cymryd un cam i'r dde er mwyn cau ei geg.

Dydan ni ddim yn sefyll yn y drws bellach.

Mae Carwyn yn dangos ei fathodyn i ni ETO.

(Fel tasa ni heb weld

digon ohono).

Dwi'n ôl adra a dwi'n DAL ddim yn gallu credu bod Heulwen ddim yn hoffi'r **3 DIWD**.

Bob tro dwi'n mynd i fy llofft rŵan, dwi'n gwbod y bydd yn rhaid i mi chwarae EU HALBWM.

Ddim yn uchel ofnadwy, jest yn ddigon uchel iddi hi allu ei glywed drwy'r pared. Dwi'n gobeithio y gwnaiff hi ddechra 😊 eu hoffi yn Y DIWEDD. (Dyna ydi fy nghynllun).

Yr unig broblem gyda chwarae y **3 DIWD** fymryn yn uchel ydi 'mod i fod i neud fy ngwaith cartra ac mae hi'n anodd canolbwyntio pan dwi'n GORFOD stopio bob munud i neud mŵfs gitâr AWYR GWYCH. Dwi'n gorfod troi'r sain i lawr fymryn. Mae'n rhaid i mi orffen hwn, achos gallai o fy helpu i gael fy MATHODYN DISGYBL DISGLAIR fy hun. Mae gen i siawns DDA rŵan ar ôl be nath Carwyn.

Mae o wedi mynd â'r busnes BATHODYN 'ma yn rhy bell, a chafodd ei ddal yn gneud hwyl am ein pennau ni o ffenest y llyfrgell.

Roedd o tu mewn (ac yn gynnes).

Roeddwn ni tu allan (ac yn oer).

Roedd Dalen Huws, y llyfrgellydd, ddim yn hapus, a doedd Mr Ffowc ddim yn hapus chwaith.

Sgwn i faint o weithiau y gall o fynd i drwbwl cyn i Mr Ffowc gymryd ei fathodyn oddi arno?

Os gwnaiff o'i golli – galla i feddwl am rai bathodynnau eraill y gallai o 'u gwisgo. Fel rhain ...

(PRIF IDIOT) (FFWL GORAU) (Poen gwaetha (erioed)) Ha! Ha!

Gwell i mi orffen fy ngwaith cartra A'R cerdyn ar gyfer y FFOSILIAID hefyd.

DATHLIADAU

HYNOD SBESIAL

Efo popeth sy'n digwydd yn yr ysgol, mae *pen-blwydd priodas aur* Nain Clwyd a Thaid Clwyd wedi cyrraedd yn hynod o ——— SYDYN.

Maen nhw'n meddwl eu bod nhw'n mynd i gael te a bisgedi gyda llond dwrn o'u ffrindiau yn

NGHARTREF HENOED MACHLUD MAWR.

ANGHYWIR!

M aen nhw'n cael **PARTI SYRPRÉIs MAWR**

yng nghwmni pawb.

Bu bron i mi ddeud wrth Taid am y *** PARTI *

y diwrnod o'r blaen pan ddwedais i ...

"Wela i chi dydd Sadwrn, Taid!"

"Dydd Sadwrn, be sy'n digwydd dydd Sadwrn?"

"DIM BYD, Taid."

"Wyt ti'n siŵr?"

"YDW, dim ond hen ddydd Sadwrn arferol ydi o. Does 'na ddim byd yn digwydd o GWBWL."

Bu bron i mi roi fy nhroed ynddi. Ffiw.

Dydi cadw'r gyfrinach am y parti DDIM wedi bod yn hawdd. Rydan ni'n mynd draw i

GARTREF HENOED MACHLUD MAWR

yn GYNNAR er mwyn bod yno pan mae'r FFOSILIAD yn cyrraedd.

Dwi'n eitha CYFFROUS am y * PARTI rŵan.

Mae Delia isio mynd allan gyda'i ffrindiau a dydi hi DDIM yn gyffrous o gwbwl.

Medda Mam, "Alli di ddim colli pen-blwydd priodas dy Daid a dy Nain."

Gwnaiff Dad awgrym. "Cei di wahodd dy ffrindiau i'r PARTI os wyt ti isio. Dwi'n siŵr na fydd ots gan Nain a Taid."

Medda Delia, "MAE OTS GEN I! Dwi ddim yn gwahodd fy FFRINDIAU i barti mewn Cartra HEN BOBL!"

HEN berson

Medda Dad, "Maen nhw'n rhai da am gael parti, bydd o'n HWYL!"

Mae Delia yn brasgamu tua'r car, yn cydio yn ffôn Mam ac yn dal i gwyno.

Delia →

Pan rydan ni'n cyrraedd CARTREF HENOED MACHLUD MAWR, gallwn weld bod pawb wedi bod yn HYNOD brysur.

Mae yna lwyth o fwyd blasus a CHACENNAU,
ac mae'r neuadd wedi cael ei haddurno hefyd.

(Dyma ble gwnaeth **CŴN SOMBI** chwarae eu GIG* cynta erioed, ond doedd y lle ddim yn edrych fel hyn bryd hynny).

Mae Dad eisoes wedi casglu'r LLUN O'R TEULU, sy bellach wedi'i fframio a'i lapio gyda rhuban MAWR.

Mae Mam yn gofyn,

"Oedd o'n edrych yn ocê?"

"Darn o GELF SYFRDANOL," medda Dad wrthi. Basa hyn yn syrpréis achos doedd yr un o'r lluniau yn edrych cystal â hynny.

Mae ffrind gora'r **FFOSILIAID**, Bleddyn, wedi'u gwadd draw am de bach.

Mae o wedi deud wrthyn nhw y bydd y rhan fwya o'r cartra allan yn chwarae bingo.

Dylia bo' chi wedi GWELD eu hwynebau!

ychwanega, gan chwerthin.

*Wele dudalen 296, Esgusion Ardderchog (a mwy o stwff da) ar gyfer y stori i gyd.

Mae Yncl Cefin a gweddill y teulu i gyd yma.

(Yn gynnar, fel arfer.)

"Ti'n edrych yn smart iawn," medda Dad wrtho.

"Ti'n edrych fel ti," medda Yncl Cefin yn ôl.

A dyna yn union sut mae Dad yn hoffi i bethau fod.

Mae hi'n edrych fel bod PAWB o MACHLUD MAWR wedi dod i'r parti, a rhai o ffrindiau eraill y **FFOSILIAD** hefyd.

Mae Mam newydd gael neges gan Bleddyn yn deud eu bod nhw ar eu ffordd. Felly mae pawb yn brysio i gornel y neuadd i guddio.

Mae Dad yn awgrymu y byddai hi'n ORMOD o SIOC iddyn nhw petaen ni i gyd yn LLAMU ALLAN a gweiddi

SYRPRÉIS!

Wnes i ddim meddwl am hynny.

"Dylai PAWB GODI LLAW a GWENU LLAWER."

Felly dyna rydan ni'n ei neud pan nhw'n cyrraedd ...

Mae Nain Clwyd a Taid Clwyd yn edrych yn hapus

IAWN i'n gweld ni.

"Tydi hyn yn hyfryd!"

medda hi gan fy nghofleidio i'n dynn.

"Amser **bwyd**," medda'r cefndryd.

Mae Delia eisoes yn gofyn os caiff hi adael i

fynd i gyfarfod ei ffrindiau.

"Dim nes y byddan nhw wedi cael

eu hanrhegion," medda Mam wrthi.

Mae Yncl Cefin isio gneud (araith)

ond caiff ei ORFODI i'w chadw'n fyr achos

chch

chchch

chchch   mae Jini, sy'n eistedd wrth ei ymyl,

chchchchch   yn pendwmpian gan chwyrnu bob

hyn a hyn. Sy'n **DDONIOL**.

"Wna i ddim cymryd y peth

yn bersonol," medda Yncl Cefin

gan chwerthin yn lletchwith.

Ha! Ha!

Yna mae o'n rhoi'r llun i'r **FFOSILIAID**.

"Dyma anrheg deuluol fach oddi wrthon ni. Ac mae'r anrheg FAWR yn fan'cw gan BAWB."

Mae o'n pwyntio at yr anrheg FAWR sy wedi cael ei chuddio o dan y lliain bwrdd lliwgar. Mae Taid Bob yn edrych ar y bocs sy wedi'i lapio ac yn deud, "Set newydd o ddannedd gosod i mi, ia?"

Dwi'n rhoi pwniad i Mam ac yn deud, "Wnes i ddeud ei fod o angen dannedd newydd!"

Maen nhw'n agor y rhuban a'r bocs a thu mewn mae'r **LLUN O'R TEULU** HYNOD sbesial ...

... y llun ANGHYWIR.

Diolch byth bod y **FFOSILIAID** yn

gweld yr ochr ddoniol.

Ha! Ha!

Yn wahanol i Anti Alis ac Yncl Cefin.

Dydyn nhw DDIM yn hapus o gwbwl efo Dad.

Alli di ddim gneud dim byd yn iawn?

(Dydyn nhw ddim yn hapus gyda'r clustiau

cwningen, dannedd fampir na'r mwstásh mae

o wedi'u rhoi iddyn nhw chwaith.)

Medda Dad, "Mae 'na gamgymeriad, yn amlwg."

"O ddifri? Pam ti'n deud hynna?" gofynna Delia wrth iddi dynnu lluniau. Mae Mam yn ysgwyd ei phen. Dwi a'r cefndryd yn meddwl mai dyma'r peth mwya DONIOL 'dan ni erioed wedi'i weld.

Fel pawb yng NGHARTREF HENOED MACHLUD MAWR.

(Heblaw am Jini – sy'n dal i chwyrnu). chchch

Mae Mam yn awgrymu y dylen nhw agor eu hanrheg ARALL.

Sy'n llwyddiant YSGUBOL.

WAW

Dwi'n mynd i nôl darn o deisen yn
gynta (cyn i'r cefndryd FWYTA popeth),
yna dwi'n rhoi'r cerdyn dwi wedi'i neud i'r
FFOSILIAID.

"Mae yna gerdd tu mewn hefyd. Fi sgwennodd hi.
Ddrwg gen i am y papur crychiog," dwedaf
wrthyn nhw.

Dwi'n gobeithio y gwnawn nhw ei hoffi.

NEINIA A TEIDIA

Gan Twm Clwyd (eu hŵyr)

Dyma'r **FFOSILIAD**,

Mi welwch chi,

eu bod nhw'n **HEN**

ond yn llawn sbri.

Gyda Taid Clwyd,

amynedd yw'r gêm;

mae'n deud o hyd

 "Dwi'n mynd yn hen".

Mae Nain Clwyd

yn LLOND LLAW!

O gofio'i hoed

sef NAW DEG NAW.

(Dwi'n meddwl ei bod hi'n wyth deg tri,

ond cyfrinach yw ei hoedran hi).

Y mae'r **FFOSILIAID**

yn fach a CHRYCHIOG

gyda gwallt 🧓 sy'n llwyd

a chroen sy'n *rhychiog.*

Does dim rhaid iddynt

ddefnyddio ✏ ffon –

Eu sgwter nhw

sy'n gwibio'n LLON.

Ar y sgwter ânt i siopa

am fod gan Taid boen yn ei 🦵 bengliniau.

A rŵan rhaid DATHLU

gyda PHARTI ☕

🎈 PEN-BLWYDD PRIODAS PUM DEG HARTI.

Ar ôl sawl awr o fwyta a sgwrsio

mae'r ddau yn blino ac isio swatio.

Wedi sws yr un ar bob boch,

maen nhw'n chwyrnu'n braf am saith o'r gloch. 🌙⭐ chchch

Y DIWEDD. ➡ Cariad, gan eich hoff ŵyr, Twm xx

Maen nhw WIRIONEDDOL yn ei hoffi hi.

Dydi'r darn am y FFOSILIAID yn mynd
i gysgu am saith o'r gloch ddim yn wir.
Aiff y parti yn ei flaen am sbel.
(Mae Delia yn aros yn hirach na
roedd hi'n disgwyl, hyd yn oed).

go brin

Dim mwy o RYNNU tu allan i mi!

Mae gen i NEWYDDION DA.

Dim ond am wythnosau ola y tymor y
bydd o, ond mae Mr Ffowc wedi fy ngneud i'n

⭐ DDISGYBL DISGLAIR ⭐ IE!

(Cael a chael oedd hi i Carwyn gael CADW ei
fathodyn. Dwedodd Mr Ffowc wrtho, **"Dim mwy
o lol"** neu wnaiff o gymryd y bathodyn oddi wrtho).

Roeddwn i'n HYNOD o hapus

i ddarllen hyn, fodd bynnag. ⟶

Da iawn, Twm, am wneud
gwaith cartref GWYCH (er ychydig
yn grychiog) y tymor yma.
A cherdd WYCH.
Tyrd i fy ngweld ar ddiwedd
yr wythnos i nôl dy
FATHODYN DISGYBL DISGLAIR.

Mr Ffowc.

IEI!

A ... sŵn drwm ...
dyma fo.

Daeth Nain Clwyd â'r TIN yma o FFERINS draw i ddiolch am y parti a'r anrhegion.

Wnes i GYNHYRFU YN LÂN ... ☺

Mmmmm mmmmm mmmmmm

... nes i mi agor y tun.

A gweld hyn.

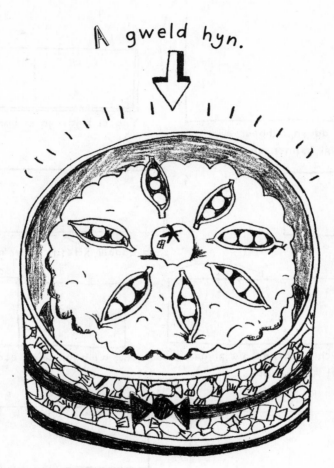

TEISEN LYSIAU Nain.

O wel ...

(TRÎTS HYNOD SBESIAL ... go brin)

Sut i wneud ANGHENFIL papur

1.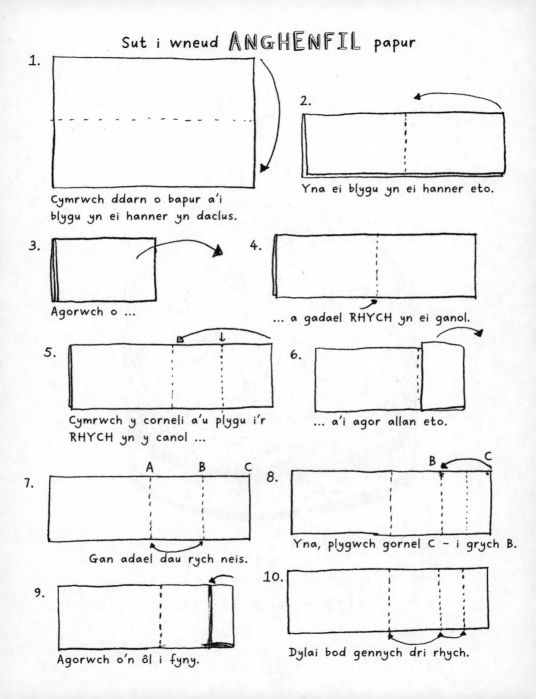

Cymrwch ddarn o bapur a'i blygu yn ei hanner yn daclus.

2.

Yna ei blygu yn ei hanner eto.

3.

Agorwch o ...

4.

... a gadael RHYCH yn ei ganol.

5.

Cymrwch y corneli a'u plygu i'r RHYCH yn y canol ...

6.

... a'i agor allan eto.

7.

A B C

Gan adael dau rych neis.

8.

B C

Yna, plygwch gornel C – i grych B.

9.

Agorwch o'n ôl i fyny.

10.

Dylai bod gennych dri rhych.

11.

TROWCH y papur drosodd a thynnwch lun o'ch anghenfil yn y darn hwn – ond peidiwch â'i dynnu reit i'r ymylon chwaith.

12.

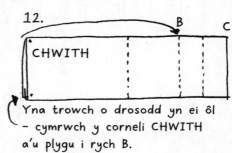

Yna trowch o drosodd yn ei ôl – cymrwch y corneli CHWITH a'u plygu i rych B.

13.

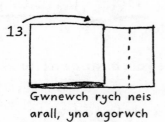

Gwnewch rych neis arall, yna agorwch o'n ei ôl eto.

14.

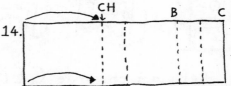

Yna un plygiad arall i'r rhych CH rydych chi newydd ei wneud.

15.

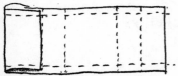

Pwyswch i lawr – <u>ond</u> y tro yma PEIDIWCH a'i ddad-blygu.

16.

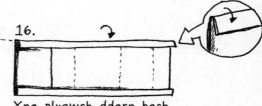

Yna plygwch ddarn bach o bapur dros y top a'r gwaelod.

17.

Slotiwch un o'r ymylon dros y llall i'w gadw'n sefydlog.

PLYGWCH yr anghenfil i edrych fel y llun.

18.

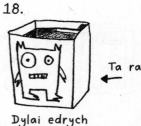

Ta ra

Dylai edrych fel hyn!

EDRYCHWCH!

Beth am chwarae **GÊM** efo'ch angenfilod?

Sgwennwch rifau arnyn nhw a defnyddiwch

ddarn o bapur wedi'i sgrynsho fel pêl
i'w taro i'r llawr (fel sgitls)

Yr **ENILLYDD** yw'r un gyda'r mwya o
BWYNTIAU!

CANLYNIAD!

Dyma fwy o sgitls papur gyda lluniau gwahanol arnyn nhw ...

Ha! Ha!

Cadwch

LYGAID BARCUD

am fwy o lyfrau Anhygoel,
Ardderchog, Jiniys, Gwych
a Hynod Sbesial

TWM CLWYD!

www.rily.co.uk

Chwilen yn
cario llyfr

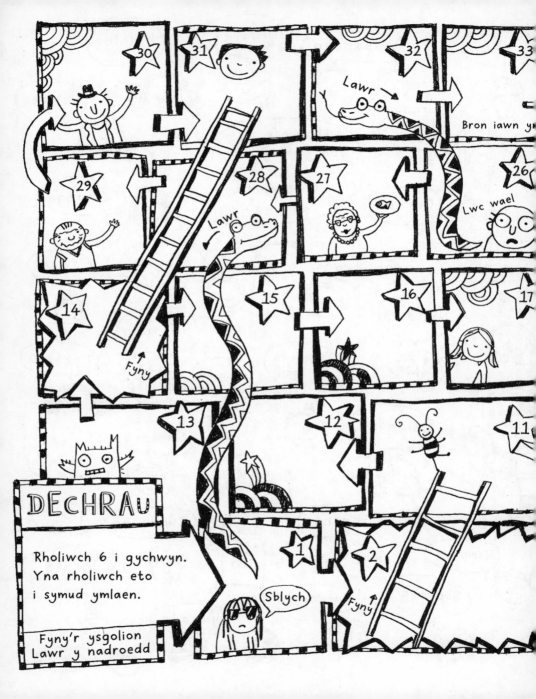